Seba・蝴蝶

Seba・蝴蝶

Seba・蝴蝶

Seba・蝴蝶

Seba · 蝴蝶

Seba．蝴蝶

蝴蝶館 03

禁咒師

卷參

Seba 蝴蝶 ◎ 著

目次

人物介紹

甄麒麟

當世唯一被賦予「禁咒師」稱號之人，年齡成謎的超資深美少女，食量與酒量都超級大的美食主義者，同時也是動漫迷與網路遊戲粉絲。目前受雇於紅十字會，專責處理精神異常的魔、墮落的神仙、膽大妄為的妖靈製造的恐怖活動。

身負慈獸與大聖爺兩脈血統，麒麟的能力異常高超，但身負重傷之後，靈力大幅衰退，埋下極深的隱患。

宋明峰

茅山派宋家最後擁有天賦的傳人，立志發揚家傳絕學，而遠赴紅十字會深造。在妖魔的眼中，是一塊上好的美味佳餚，所到之處經常會引起各種靈騷。

擁有奇異血緣天賦的他，拜入禁咒師門下後，能力逐漸得到啟發，卻也同時引來神魔兩界的注意，爭端一觸即發。

蕙娘

麒麟早年所收服的式神，雖然常以宋代仕女的嫻雅形貌現身，本相卻是已修行八百年的大殭屍。生前曾是名動京城的廚娘，如今則以其絕代廚藝餵養麒麟永不饜足的胃口，是麒麟最貼身的助手、管家，也是最得力的戰友與知交。

英俊

姑獲鳥的族民，飛機的守護「妖」，形貌為具有九頭蛇頸的鳥身妖禽。一次機緣巧合成為明峰的式神，此後終其一生追隨明峰。一般型態下為九頭鳥身，變身為戰鬥型態時，會化身為睜著無辜大眼的蛇髮少女。

崇家七曜

崇家最優秀的七名菁英能力者與咒殺工具，以日、月、金、木、水、火、土七曜為名，其中日曜崇遠志天資最優異，是下一代崇家家督候選人，月曜崇遠清則因強行以符咒催使「以圖喚魂」的能力，而令身體被迫停置在孩童狀態。

宋明琦

宋明峰的堂妹，能力不如明峰，但依然擁有強悍的天賦，與眾生間的因緣也頗為深厚。雖然沒有經過任何修煉，自己本身對修道也無興趣，但還是經常捲入各種靈異事件，讓被強迫成為她命中貴人的明峰暴跳不已。

鏡華

屬於山精的魍魎一族後代，此一族類出生時便會被母親拋棄，因此常尋找人類養母寄生，吸取人氣以求存活。鏡華本寄附在養母水越身邊，卻因貪戀母親的眷愛而難以痛下殺手，直到明峰插手介入，才得以解決。

宋明熠

明峰的表弟，只擁有一點點淡薄天賦，因此看得不夠清楚，惹麻煩的等級也稍遜於明琦。目前就讀於中都某大學，同時也是「靈異現象研究社」的成員。某次在電影院見到明峰的式神英俊後，一見鍾情，展開他熱烈的追求行動。

鬼武羅

居住於崑崙山附近，看守天帝密都青要之山的降霜女神，原是山鬼一族的女子，經修煉而成妖仙，擁有洋溢著生命活力的美貌。據傳她頗受天帝青睞，是三界人人都知道，卻沒有人敢說破的，天帝的小老婆，因而令王母嫉妒憎恨。

葉舒祈（魔性天女）

列姑射島北都城的管理者，擅長運用電腦，能用資料夾容納眾生，也能循網路入侵他界。其能力為都城精魂魔性天女所賦予，因此有其界限，但仍讓三界眾生忌憚不已，不敢在她眼皮下犯事。雖然地位崇高，舒祈卻不依恃，只以排版打字維生。（詳見《舒祈的靈異檔案夾》）

Seba・蝴蝶

楔子

「我聽說，妳好像請假在家準備養老。」明峰的聲音低沉，卻在這狹小的空間引起陣陣迴音。

「你小聲點行不行？」麒麟不太耐煩，她的聲音細微卻清晰，運用內力直達聽覺神經，功力果然不同凡響。

不過妳認為普通人有辦法到達這種死妖怪的境界嗎?!

明峰還想開口，卻被一本便條紙正擊臉孔，沒好氣的他在紙上刷刷的寫：「那為什麼我們會在這裡?!擠在這個該死的大樓通風管道?!」

在連手電筒都不准帶的漆黑中，我是寫給鬼看?我連自己寫了什麼都看不到了！

哪知道麒麟眼睛竄出兩簇精光，雖然一閃即逝……「就跟你講了，我接受了委託，要來清除一個『爆裂物』。」

「……妳當妳是湯姆克魯斯？」他刷刷的在便條紙上寫，他知道那隻跟妖怪沒兩樣的該死禁咒師看得到，「拜託妳醒醒，妳是抓妖的，不是他媽的特種部隊……」

「陰天打孩子，閒著也是閒著。」麒麟憂鬱的嘆了口氣，「最近你又限制我喝酒的量，我很無聊……」

「妳的肝……」明峰暴怒了，拖麒麟去醫院檢查簡直是場災難……結果在醫院引起莫大的騷動，好幾個大夫奔相走告，通通湧進來看這個肝指數簡直是天文數字居然活蹦亂跳的「少女」。

「妳是想弄到被抓去醫院解剖研究才甘心嗎？妳的肝指數可以殺死一打活人了！」他無意間也用了內力傳聲，但是卻讓麒麟的耳朵一陣嗡嗡響。

她捂著耳朵，蜷縮在走道好一會兒，「……我快被你的魔音穿腦殺死了。」

黑暗中，兩個人怒目相對，很一致的朝對方比了憤怒的中指。

這個深沉的夜裡，他們趁著夜風，坐在英俊寬大的背上，悄悄的降落在這棟大樓的屋頂。然後麒麟像是小偷一樣拆了人家的警報裝置，還找到大樓的通風管道，非法侵入人家的產業。

「就算有再正當的理由，也不可以做這種強盜般的行為……」明峰掌握到要訣，將便條紙一扔，開始往麒麟的耳朵嘮嘮叨叨。

麒麟翻了翻白眼，就是因為這種該死的囉唆，所以她一直不想教明峰內力傳聲。該說幸還是不幸……她這笨蛋小徒臨陣就忘掉背得爛熟的咒，但是什麼瑣碎小技真是一看就會。

到底是天才還是白痴？她只能說兩者只有一線之隔。

「正常的人家有阻隔式神和妖魔的絕靈咒嗎？」麒麟沒好氣的反問，「我拆除防禦護咒的時候你沒看到？」

真的很好搞，她就把那個絕靈咒拆了，但是她沒時間，明峰又不能獨立作業。反正她也需要人把風。

這棟大樓是崇家產業。崇家乃是大神重在人間的後代。這批謹守驕傲的半神人雖然血緣稀薄到接近無，倒是很仔細的保存了許多古老卻強力的法術和咒，人類曖昧的血緣經過通婚，又往往在後代出現神媒或術士。

不管對人類或眾生來說，崇家都是個棘手的存在。不過，她不是其他的什麼。

「我可是甄麒麟。」她冷笑一聲，又順手拆了一個布置在通風口拐彎處的禁咒。然後打開一個通風鐵網，下面是個純白的房間。

明峰湊上去看，好一會兒才知道自己看見什麼。他大概是馬上覺得心都冷掉了。一個穿著白袍的小女孩，臉上罩著一個皮製面罩——他在「空中監獄」那部電影看過，那是拿來拘禁殺人狂用的。

她還在呼吸，但也只剩下呼吸而已。她帶著面罩，全身纏著管線，四肢被皮帶綁著，固定在診療椅。旁邊的儀器滴滴答答的發出輕響。

原本閉著的眼睛突然睜開，朝上望著麒麟……或者說，一隻眼睛望著麒麟，另一隻，卻望著明峰。

明峰看著她，有種莫名其妙的恐懼夾雜著憐憫。雖然她很奇怪，望著人的眼神令人毛骨悚然，但就算是殺人犯，也不應該被這樣對待。

垂下繩索，麒麟像是馬戲團的女郎，倒掛著垂到那女孩的上方。面面相覷著，互相凝視了好一會兒。

「遺傳真是件麻煩的事情呀。」麒麟輕輕嘆了口氣。

她依舊倒掛著，友善的對那小女孩笑笑。小女孩不領情，雙眼直視著她，露出強烈敵視的眼神。

「哎唷，別這樣咩。」麒麟哄著，「我是來救妳的。」

小女孩的眼神出現更強烈的敵視和不相信。

「真麻煩啊……」麒麟無奈的聳聳肩，「妳願意乖乖跟我走嗎？妳的奶奶在等妳喔。」

小女孩將眼睛一閉，拒絕相信她的話。

搔了搔頭，麒麟其實是有點無奈的。「欸，明峰，你下來吧……小心不要碰到地板，有警鈴。我只會打人不會哄人，哄女生是你的強項……」

「不要把我講得跟色胚一樣好嗎?!」明峰真的火了，他謹慎的拉了拉掛環，確定強度夠才毛手毛腳的垂下去，「呃……妹妹，我幫妳解開好不好？被這樣綁，不會痛嗎？」

一定很痛。就算她是妖怪也不該這樣折磨她……他深深的不忍起來，伸出手，費力的摸了摸她的頭髮。

她突然張開眼睛，如電的眸子閃出奇特的光芒。怔怔的看著明峰好一會兒，很輕很輕的，她點了點頭。

「……不能踩在地板上怎麼拆？」明峰沒好氣的問。

「把她面罩拆掉就好啦。」麒麟笑了笑，很甜美，但是不知道為什麼有點邪惡。

拆掉面罩……講得很輕鬆的樣子。明峰嘀咕著，費力的倒掛在繩索上，空出兩隻手，設法解開小女孩腦後的皮帶釦。

將她臉上的面罩一拿下，小女孩流出眼淚，大大的喘了一口氣，然後……咳嗽了一聲。

這一聲咳嗽，卻引起劇烈的閃光和爆炸，明峰只覺得眼前一陣白花花的，耳朵隆隆巨響，等他看得到四周時，整個房間已經成了廢墟……硝煙瀰漫，四面牆炸穿了三面，天花板也塌了一半下來。

他們所在的位置是頂樓，所以望得到美麗的星空。

警鈴大作，天花板殘存的消防器不斷的噴灑水柱，到處都聽得到急促的腳步聲。

「果然是爆裂物。」麒麟笑得很大聲，「不過爆裂物已拆除，閃人了。」

「……妳居然什麼也不跟我說！」明峰怒吼著，七手八腳的將小女孩身上的管線束縛拆乾淨，一把抱起來。一大群人嚷著衝過來，眼見要逃不掉了，小女孩又是一聲咳嗽，再次引起劇烈的爆炸……

抱著她的明峰覺得很不可思議，這麼大範圍的爆炸，抱著她的自己和麒麟居然沒有事情……來不及細想，英俊的蛇頸纏住他，將他擲上背，拍擊巨大的翅膀，立刻升空起飛。

攀著英俊腳爪的麒麟，笑咪咪的向著氣急敗壞大嚷大跳的人群揮手致意。

＊　＊　＊

「如約定，我將妳的孫女帶來了。」

在候機室焦急苦候的老婦人站起來，怔怔望著自己的孫女兒，忍不住大哭，「阿英！奶奶以為永遠看不到妳了……」

婆孫相擁大哭，小女孩驚惶的眼淚不斷的滾下來，帶著輕微的硝煙氣味。

「這樣子是沒辦法上飛機的喔。崇英。」麒麟正色的對小女孩說，「妳這天賦很麻煩，等妳長大能夠掌控，再來使用這種能力吧。」

崇英看了她好一會兒。雖然她身上有種令人畏懼的氣味，宛如將她抓去折磨的本家大人，但是……她卻跟他們不一樣。

不大放心的看看她，又求救似的看看那位溫柔摸她頭髮的大哥哥。

「欸？」明峰對這樣坦白信賴的眼神很沒抵抗力，「啊啊啊，我是說，妳可以相信這個爛酒鬼啦！這個爛酒鬼除了有個硬邦邦的鑽石肝，心地是很好的，不會害妳啦……」

得到了保證，崇英面對麒麟，閉上眼睛。麒麟在空中虛畫，一個閃亮的咒文浮現，打入了崇英的額頭。

她狐疑的張開眼睛，忍不住咳了一聲……

卻什麼事情也沒發生。

「妳們的飛機要起飛了。」麒麟推著她們，「快快快，快去開啟妳們的新人生吧。」

飛機從機場起飛不久，大批黑衣人憤怒的包圍了他們。一個顫巍巍的老者排眾而出，「甄麒麟，別人怕妳，崇家可不怕妳！妳居然從崇家強行擄走我族族女！妳非給我個交代不可！」很有氣勢的頓了頓楞杖。

「唷，從醫院擄走別人的孫女兒怎麼說？崇清，別弄出個了不起的架子，我不吃這套。」麒麟懶洋洋的往椅子上一坐。

「這是為她好！她會引起很大的災禍……」崇清滿是皺紋的臉孔抽搐了一下。

「哪有什麼災禍。」麒麟打了個呵欠，「我把她那該死的本能封印了。放心啦，她將來可以毫無顧忌的打噴嚏咳嗽，也不用怕會震倒一〇一大樓……」

崇清的臉孔刷的慘白，旋即大怒。他養著這個桀傲不馴的小鬼就是希望成為崇家的祕密武器，而這個該死不死的禁咒師居然破壞了他的計畫！

「何謂咒？」麒麟站了起來，對著崇清冷笑，「不把人當人看，失去了人心，何謂咒？」

她昂然的從人群穿過去，一點畏懼也沒有。被她看過的人背上都是冷汗，一一低下了頭。

「喂，崇清。」她轉過身來，「我示範一個強而有力的咒好了。」

她狠狠地對著崇清伸出了憤怒的中指。

明峰深深嘆了一口氣，低下了頭。跟了這樣的師父……

「我好想念紅十字會啊……」他這樣想著。

一、神的後代

麒麟躺在沙發上，拿個抱枕蓋住了臉，拒絕聽林雲生的嘮叨。明峰到底是誰的學生？她氣悶的想著。為什麼這個死公務員叫開門，那死孩子像是聽到聖旨一樣馬上開門？

被念的是我可不是別人啊！

「請你掐頭去尾說重點。」她模糊的聲音從抱枕底下傳出來。

「……我說了半天您沒聽出重點？簡單說，崇家要他們的族女……」林雲生乾脆一跪，「求您了，大師！我吃逼不過……」

「拜託，她們是從機場飛出去的，又不是偷渡的，你不會去查？反正整個國家機器都挺崇家麼……」麒麟把抱枕一扔，「崇家財大勢大，還有什麼查不到的？去去去，別煩我！」

「……您老人家要藏的人，誰能找得到？」林雲生快哭出來了，「出入境資料銷毀，連她們去了哪都不知道。這怎麼查？還求您高抬貴手……」

「唷，這麼大個政府幫個顯赫的崇家欺負人家婆孫。」麒麟冷笑起來，「我就看不起這種財大氣粗的張狂樣兒。你來說這事兒，也不怕良心會痛唄？」

林雲生臉孔一陣青一陣白，低下頭。「……論理，是不該來求您，只是那孩兒能力非凡，若是一個控制不住就是災難……」

「若是這麼悲憫，就讓政府收養了她，看有什麼辦法封住或去除，也讓人家婆孫團圓，需要讓崇家悄悄的綁架人去？我聽說警察要辦案還讓你們革職了幾個人，可有這回事？國之將亡必有妖孽，誰是妖孽你就仔細想想吧，神的後代好了不起嗎？幫我端洗腳水我還不要呢！」

她越說越怒，一把拎起林雲生的領子，打開大門就往外摔，「快滾吧！叫崇家直接來找我！找國家機器壓我有用嗎?!我又不是非在這島國落腳不可！」

磅的一聲摔上大門，跌坐在地上的林雲生和明峰面面相覷。

「……老哥，坦白講，我也不贊成你這樣的。」明峰鬱鬱的將他拉起來。

林雲生反而笑了起來，滿臉輕鬆的拍拍衣服上的灰塵，「坦白講，我也不願意這樣。」他低低的說，「我領政府的薪水，又不是領崇家的薪水，讓他們呼來喚去已經很膩了，總要有人挫挫那門子的銳氣……」

明峰瞪著他，有些後悔幫他開門。

麒麟曾經談論過崇家，言下之意是很不以為然的。這個神族的後代久居島國，不受改朝換代的影響，一直都為當權者占卜解厄，趨吉避凶。這島國可以在暗潮洶湧的局勢安度近百年，崇家可說是功不可沒。

但是把自己看成神的代理人，一副號令天下的態勢，就讓人很受不了了。

「……我懂了，你把這擔子往麒麟身上一砸。」明峰沒好氣，「我發現，我也開始討厭公務員了。」

他拎起林雲生的領子，把他摔出結界外。

真不該開門讓他進來的，明峰心裡想著。忐忑的走進屋子，發現麒麟不在客廳。不該替林雲生開門的……他深深懊悔，到處找著麒麟，結果讓他在圖書室找著了。

她坐在寬大的圖書椅上，背對著門。只看得到她光裸粉嫩的赤足擱在書桌上。

幾經掙扎，明峰開了口，「……對不起，我不知道他是來談這鳥事。我真的錯看了這個公務員……」

麒麟動也沒動，可能真的很生氣了。明峰心裡感到更不安，「我以後不會隨便放人進來了，請妳原諒我……」

靜悄悄的，還是沒半點動靜。

他垂手站了好一會兒，實在忍受不了這種無言的窒息，他走向前，小心翼翼的側著頭看——

麒麟抱著一瓶牛奶酒……的空瓶，張著嘴，很沒形象的呼呼大睡。地上還散著幾個橫七豎八的酒瓶子，都是他很小心的藏在這個圖書室的天花板上，不知道這個爛酒鬼是怎麼挖出來的。

「……甄麒麟！」他暴吼，無意間又使用了內力，不但整個屋子為之震動，連屋樑的灰塵都簌簌而下，「妳就是希望喝到死就對了！妳到底想把妳的肝怎麼樣啊～」

麒麟微微張開眼睛，「……肝指數高一點又不會死。」

「妳這個……」他憤怒的跳上跳下的數落，麒麟乾脆運起龜息大法，給他視而不見，聽而不聞，繼續睡她的。

遠在廚房的英俊和蕙娘沉默的結起結界，省得灰塵掉進苦心煮好的午餐裡。

「要去叫他們吃飯嗎？」英俊問。

「等明峰嚷完吧。」她望了望樓上，「等他嚷累了，才會甘心來吃飯。」

兩個式神一起嘆了口氣。

* * *

他不知道是哪根筋不對，明明有機會離開這個爛酒鬼師父的……他居然留在這裡打雜。

掃著庭院的落葉，他的心情真的很憂鬱。望著無盡燦爛的晴空，真是念天地之悠悠，獨悵然而涕下啊……

忽的一聲，他的面前突然出現了一隻妖獸，老虎身軀，人的臉，卻有隻豬鼻子，嘴裡吐出兩尺長的獠牙。

他當年在紅十字會管著圖書館的時候看過失傳的《山海圖》，不禁有些納罕。

「唔？難訓？」

這種又叫做傲狠的妖獸據說有某個不才天帝的血緣，說起來也是神通廣大，但是喜歡拿人當飯，一點都沒有天神的影子。不過，難訓這族妖獸早就絕種很久了，怎麼又會跑出這一隻？

只見難訓連聲吼叫，撲了上來。他幾乎是想也沒想就掄起竹掃帚「貓」下去，結果難訓居然被他打得翻了個跟斗，豬鼻子還被竹掃帚的細竹枝劃破了。

「啊？我使力太重嗎？」明峰滿懷歉意，「打個商量，我實在不願意傷害珍奇異獸，尤其是絕種過的珍禽異獸……我幫你貼個OK繃，請你乖乖離開好不好？」他從口袋掏出英俊幫他準備的OK繃……有點無言的是，上面布滿了藍色小花。

……他的式神不管外貌如何，真的滿懷天真的少女心性。

看起來，難訓並不領情，他晃了晃腦袋，又是一聲暴吼，氣勢洶洶的撲過來。

「難道天神的子孫不會講話嗎？」明峰滿腹牢騷，「還是說妖獸就不會講話了？」他敏捷的一讓，難訓撲了個空，明峰又掄起竹掃帚，朝著難訓的屁股打下去。重心不穩的難訓像是一個大毛球似的打了好幾個滾，撞到台階才頭昏眼花的停住。

明峰搔了搔臉頰，有點兒不對勁。雖說天天有眾生上門「討教」，能講話的誰不撂下一兩句狠話？不能講話的也有表情，有肢體語言，最少有個情緒波動吧？

但是這隻難訓什麼也沒有。一種強烈的違和感，讓他面對這隻粗喘的妖獸，卻像是面對個傀儡。

他分出神識搜索，順手把又撲上來的難訓揮出全壘打。他發現，這院子除了難訓，還有兩個人。

「英俊！」他喚著，「陪這隻小貓玩一下。」

正在烘焙蛋糕的九頭鳥立刻扔下他的蛋糕，如風般「刮」進院子，很盡力的陪難訓「玩」。

院子裡的兩個來客都怔了一下。

要知道，呼喚式神需要持咒結印，高強的式神甚至要奉獻牲物才可呼喚。禁咒師呼喚式神無須持咒還可理解，根據情報，這個學生服侍禁咒師不到三年的光景。

只是喚名，就可以驅使姑獲鳥？

明峰也是一怔。來的兩個訪客，一個老得像是木乃伊，一個卻只有七、八歲大。他看著那個小孩子，有種奇怪的感覺。「她」和崇英……有種氣氛很相似。

那小孩懷抱著一本厚厚的線裝書，他看了看，更訝異了。那是失傳近千年的《山海圖》。

拄著竹掃帚，他想了想，「兩位……有事嗎？」

那個老人家短促的笑了笑，「我乃崇金曜。代表崇家跟禁咒師討個公道。」

啊咧……來踢館了。明峰搔了搔頭，「那這個小妹妹……？」

那孩子的臉孔黯了黯，「……我不是小妹妹。」他翻開書，發出短促尖銳的咒。跟英俊打得難分難捨的難訓僵直，動也不動的伏在地上，後背突然裂開，許許多多小小的妖獸從傷口處湧出來，渾身沾著濃稠的血。

風一吹，就瞬間變大，院子裡突然多了數以百計的難訓。

「他是崇月曜。」滿臉皺紋的金曜笑了笑，按著月曜的肩膀，「他最討厭人家當他是小妹妹了。」

「……看得出來。」明峰退到英俊的身邊，橫著竹掃帚保護著他的式神，「喂！麒麟！崇家來踢館了！」

麒麟趴在窗戶上，懶懶的看著院子。「你打發他們不行嗎……？我宿醉頭痛中……」

「妳沒看到數量這麼多嗎?!痛死妳算了！就跟妳說不要喝那麼多酒妳不聽，喝成這樣……妳死了以後可以直接拿去當酒母了！妳到底有沒有自覺？妳到底知不知道自覺怎麼寫啊?!」明峰憤怒的揮動竹掃帚。

麒麟望望他，很乾脆的拿指頭塞住耳朵。

明峰馬上爆炸了。他抓著英俊忽的一聲跳上二樓的陽台，「塞耳朵？妳給我塞耳朵?!我能不能拜託妳稍微有點人類的自覺啊?!普通人類這麼喝早就掛啦！妳……」

被晾在院子裡的兩個崇家人很不是滋味。居然無視他們，自顧自的打情罵俏！

「月曜，他們看不起我們。」金曜按著月曜的肩膀。

「知道了。」他俊美淡漠的臉孔湧出一絲惱怒，按著書頁，他發出更短促尖銳的咒，難訓們怒吼著，前仆後繼的爬上二樓的陽台，明峰用竹掃帚打落了幾隻，一個疏神，卻被銳利的爪子掃到，臉頰上鮮血淋漓的五條爪印。

懶洋洋的麒麟倏然張大眼睛，「我的長工是別人說打就打的嗎?!」

「誰是妳的長工啊?!」摀著臉的明峰大叫。

英俊張大嘴，氣得變化成人身，滿頭怒張的蛇髮，「我的主人是你們摸得起的？」

「喂，英俊，冷靜點！」明峰試圖講理，「難訓已經絕種很久了，別殺光了，上天有好生之德……」

不過這兩個女性（？）似乎完全沒聽到他說的話，抽鐵棒的抽鐵棒，揮銳爪的揮銳爪，整個院子血流漂杵，堆滿了妖獸的屍體。

……女人，真可怕。發怒的女人，更可怕。

「妳們到底有沒有人聽我說啊?!」他顧不得臉上的傷，趕緊跳下樓，但是已經殺了個精光了。「吼，妳們多少也要有點愛護瀕臨絕種動物的心……」

月曜看到這種慘烈，表情更加恚怒，他迅速翻過一頁，開始念著更繁複短促的咒，從妖獸的屍身上又誕生了更多、種類更不同的妖獸……

「你以為我只會揮鐵棒？」麒麟扁了扁眼，「雕蟲小技！」

她足踏禹步，很有氣勢的雙手交叉……

「千萬不要是真・太極啦！」明峰氣急敗壞的阻止，「求求妳不要把性命託付給遊戲的招式和對白……」

麒麟白了他一眼，輕輕念誦：「妖魔呀妖魔，你不要猖狂，我們有十二個神人，一個個全猛勇難當！」

她的話語才出口，煙霧瀰漫中，隱約出現了十二個奇模怪樣的神獸。咆哮著，低伏著，面對妖獸們露出雪白的牙齒。

「他們絲毫也不留情面，要把害人的傢伙一氣掃蕩！

他們要燒焦你脆弱的身軀，要拉下你的足桿和手膀。

要把你身上的肉斬成片段，還要抽出你的肝肺和胃腸！

你若是還不識相，趕緊逃跑，晚一點就要捉住你當作食糧！」

十二聖獸齊吼，發出天動地搖的共鳴。在共鳴中，所有的妖獸漸漸萎縮，消失。月曜被這咒束縛得如痴如醉，只是呆呆的望著前方，連麒麟奪走他手上的書都無力反抗。

金曜試圖阻止她，「妳要知道，我們可是崇家七曜……」

麒麟刷的撕破了那本《山海圖》，「現在剩下六曜了。」他撕破書的同時，月曜軟綿綿的癱倒下去。

「當別人的工具有趣嗎？吭？自己當工具當到沒有利用價值，把自己的孫子也推入火坑，讓他再也長不大，這樣有趣嗎？吭？你不要以為我不知道你們崇家的事情，只是沒有礙到我，我才不想管！滾回去告訴崇老頭，他想搞什麼帝國我不管，讓我生活不舒坦，我一定殺進崇家把他抓來浸豬籠！你叫他去問問眾生我是怕了誰？秦皇我都敢惹，我會怕他那死老猴？滾罷！」

默默的，金曜抱起月曜，連看都不敢看一眼，逃走了。

明峰心痛萬分的撿起撕破的《山海圖》，「……妳知不知道除了紅十字會那兒一本，這是我看到的第二本欸！妳就這樣把它撕了……妳有沒有文化遺產的概念啊!?」

看他滿臉的血跳上跳下，麒麟嘆了口氣，決定不跟他計較。

* * *

看明峰心痛萬分的拿了破書進來，懊惱的抱著腦袋，蕙娘忍不住笑出來。

「這書又不是什麼希罕物兒，需要這麼懊惱？」看了看又覺不忍，「不過是修本書，又不是扯碎了。拿來給我罷，修本書算什麼呢？」

「蕙娘會修？」他倒呆掉了。

她掩著口笑，「將就也是學了點。當年麒麟什麼亂七八糟的案子都接，當她的式神不什麼都學怎麼成呢？」

她取了個古舊的小箱子，拿出了一包工具和漿糊，拆了線，一頁一頁的慢慢修復。

「這孩兒走偏了工夫。」她輕輕嘆著，一面將書頁揭開，令人詫異的是，原本的書頁已經用巧奪天工的方法揭成兩半，中間夾著薄如蟬翼的符咒。蕙娘一面清除著符咒一面搖頭，一面細心裱貼，「多少工夫才練到這等巧妙，卻讓大人拉邪了路。這手以圖喚魂的天賦可說極少有了，偏偏變成了人家的殺手，這起大人乾淨了自己，卻染污了孩兒……」

原來，咒術千百種道門，最為精妙乃是以圖喚魂。遠古時《山海經》問世，原本就是巫覡們的祈禳書，配合圖畫就是為了以圖喚魂。只要書內所畫的眾生還有存活的，就可以借用精魂凝聚形體，化為實體祈禱禳災。

只是這一道門早已失傳，沒想到崇家物色了有天賦的男童，強行用符咒加強《山海圖》的咒力，硬是讓這古老的道門重現，但是這種逆天強項是必須付出代價的。

施咒者從此失去了「時間」，他的肉體再也長不大，但是心智卻不斷的成長。設想一個成熟的成年男子，卻困在一個七、八歲的孩兒身體裡……

「這種長生不老，多麼恐怖。」明峰是很感慨的。

「其實，這是崇家的事情。那孩子也算是心甘情願……」蕙娘遲疑了一下，不知道那孩子有沒有後悔過童年時的承諾？「所以麒麟雖然知道，也沒去管。崇家七曜，水曜很早就離家修道，剩下的六曜，早就成了當權者的殺手……」

她幽幽的嘆口氣。這種人世的骯髒事情，不在管理者管轄範圍，發生的時候，她和麒麟都在國外，回來的時候已經事過境遷。只是麒麟發怒的大喝特喝，險些醉死。

她想起那幾起總是抓不到凶手的血案，胸口也有些悶。人生短促如白駒過隙，宛如夢境。但是世人皆醉如痴，為了很細微的紛爭，居然委託崇家清除政敵。而自認為神之代理人的崇家，既然以服事當權者為己任，當然也不在乎那幾條小小的人命。

那些人的人生，就在鬼神的爪牙下斷送了。

「……麒麟既然知道，怎麼不去宰了什麼六曜七曜的?!」明峰既驚且怒。

「注意你的用詞。」蕙娘嚴肅的舉起雪白的食指，「奪取別人的人生是非常大的罪過，大到可以壓垮你自己的人生。因為身為人，就是一種嚴酷的咒。即使是麒麟，也不能擺脫『人』這個咒縛。你怎麼可以輕易的要求麒麟去殺害自己的眷族？你可知道這樣要求是要她違背與生俱來的咒？你這樣的要求，又和崇家那群假神人有什麼不同呢？」

被蕙娘教訓的抬不起頭，明峰囁嚅的說，「……難道就沒人可以懲罰什麼六曜七曜的？冤死的人就白白的死了嗎？」

「他們只是凶器。」蕙娘有些憂鬱的看著他，「若有人殺人，你會毀了他殺人用的刀，還是該懲罰那個人？」

「當然是那個人。」

「其實，」蕙娘的眼神很悠遠，她發呆了一會兒，又低頭繼續修復山海圖，「不管是凶器還是殺人者，都已經受到很深的懲罰。」她的聲音越來越小，「奪走別人的人生是很沉重的罪孽。」

明峰替蕙娘深深難過了起來。他不小心又觸到蕙娘最深的心傷。這是幸還是不幸呢？原本是人，卻因為走入邪道，成為殭尸。但是等她成為式神，回憶起人心，卻永遠被罪惡感啃噬著。

好不容易脫離了身為「人」的咒，又被曾經為「人」的咒深深束縛。

令人窒息的沉默和哀傷蔓延，許久，只有裱糊書頁的窸窣聲。

「不過，」蕙娘突然噗嗤的笑出來，「麒麟卻從另外一方面，狠狠地整過了凶手。她認識三教九流，還包括了一些很高明的騙子……讓大半的主謀不是入獄，就是潛逃，再不然就退出政壇了……哈哈哈哈～」

但是不管明峰怎麼逼問，蕙娘就是不肯說得更詳細一點。不過，他相信麒麟也不會讓人好過的。

那個不按牌理出牌的禁咒師呀……

不按牌理出牌?!他呆了一會兒，電光石火中，他突然想起麒麟喚出十二神獸的「咒」。

「麒麟！」他吼了起來，衝進院子，納涼的麒麟趴在橫枝上，微微睜開一隻眼睛。他已經有點暈了，「《後漢書・禮儀志》？〈大儺〉？〈逐疫〉？」

「你知道的嘛，那問我幹嘛？我可是規規矩矩用了古老的咒送他們回老家了……」她拿著裝了大冰塊的威士忌冰著額頭。

「……窮奇騰根共食蠱，凡使十二神追惡凶，赫女軀，拉女幹，節解女肉，抽女肺腸，女不急去，後者為糧。」（註：女同汝）

妳……妳……咒是很古老沒錯……妳居然用白話文翻譯！妳到底懂不懂得尊重傳統？「難道妳會念：『接受我緊急的詔令，如同聽從天帝的指令，五雷要趕緊砸下來』?!」

「欸？」這次麒麟把眼睛都睜開了，「對欸！好像滿不錯的，下次我來試試看好了……」

明峰瞠目看了她好一會兒，仰首無語問蒼天。他想起過世的符論教授，忍不住熱淚盈眶。若是那個教授聽到麒麟這樣惡整……他大概會氣得從墳墓裡蹦出來吧？

衝進屋子奪起電話，激動的對著話筒大叫，「史密斯老師！我可不可以回去當助教？可不可以？可不可以?!符論不能讓人這樣惡整，一定要延續下去啊～讓我回去教符論吧！求求你～還有，別再送任何學生給麒麟了！」

他激動的幾乎握斷話筒，「讓我回去紅十字會吧！這是關係到文化存續的問題啊～天哪～」

二、列姑射之壺

大師兄寄了一個壺過來。

他那個子孫滿堂的大師兄不改熱愛冒險犯難的本性，農暇之餘喜歡到處亂跑。挖到什麼稀奇古怪的寶貝都會送到師尊這兒來。向來不喜歡積聚的麒麟卻一反常態，會把那些破爛慎重的收下來，寫封典雅又文情並茂的信寄給大師兄。

畢竟是麒麟第一個弟子，情誼當然更不相同。

有回明峰瞥到麒麟用狼毫小楷寫到一半的信，眼睛不禁一扁。她不是辦不到啊！你瞧，這種年代了，誰還可以這樣典雅的用文言文寫書信？

但是你看，她就是要這樣惡整古老的符論……

他真的越來越不想繼續跟她混在一起了。

收到這個髒兮兮的壺，他端去給麒麟看。懶躺在沙發上看古文觀止的麒麟一骨碌的坐起來，「啊，列姑射之壺！」一把奪了去，又仔細看了看俊英大師兄寫來的信。

「真的是寶貝呢！」她興高采烈，「這得用無根水來洗滌才行。」

「無根水？」明峰想了好一會兒，「還沒落地的雨水？」

麒麟還沒答話，端著西瓜過來的英俊看到那個壺，也跟著大叫，「啊！列姑射之壺！這要用無根水洗才好喔！」

為什麼大家都知道是列姑射之壺？還有，列姑射這詞兒怎麼這麼陌生又熟悉？

「所有的妖怪都知道這是什麼啊！」蕙娘、英俊和麒麟異口同聲。

蕙娘和英俊就算了……麒麟妳答什麼腔？這證實了他一向的看法：麒麟與其說是人類，還不如說是人變成的妖怪。

不知道有沒有爛酒鬼這種妖怪。明峰沒好氣的想著。

三個女人（？）圍著這個壺嘰嘰喳喳的談了好一會兒，英俊興致勃勃的提議，「我去取無根水吧！這邊的雨太髒了，我去接玉山頂飄下來的初雨，如何？」

「陰人取的無根水還是不大妙呢。」麒麟說，「這壺屬陰，需要個陽氣重的去取水才好……」

二十二隻眼睛一起看著明峰（英俊一個就有十八隻眼睛了……），把明峰看得發毛，「……妳們該不會要我去取什麼無根水吧？」

「既然你自願，那就太好了。」麒麟點頭，「蕙娘，幫明峰打點一下行李，他要出遠門了。」

蕙娘很俐落打點好行李，「記得自己添換衣服，玉山是很冷的。」

「主人，記得帶手帕衛生紙。哦，還有醫療包。」英俊很賢慧的拿了充滿藍色小花的手帕、面紙，和裝著OK繃小瓶小罐的可愛小碎花包包，塞進沉重的行李，「記得多帶些回來。」外加一個五加侖的大桶子。

……他有說要去嗎？

但是三個女人（？）很一致的將他踢出大門，連給他抗辯的機會都沒有。他無言的呆立了好一會兒，無精打采的揮手叫了鬼車。

「胡伯伯，我要去玉山。」

「我不能去玉山喔。」老胡充滿歉意，「好端端的，去那邊幹嘛？」

明峰無言的看看沉重的行李，和手上這個大桶子。「麒麟要我去取無根水……」

「無根水？幹嘛？」老胡的精神都來了，「要洗列姑射之壺嗎？」

……為什麼大家都知道？明峰納悶了。

「那兒陰鬼兒不宜。」老胡沉吟了一會兒，「你要不要騎機車去？……我是說，你把機車塞到後行李箱，我送你去玉山附近這樣？」

老胡興致很高的把明峰的機車塞進行李箱，他一直對那個宛如四度空間袋的後車廂很無力。

這偏離合理實在太遠太遠了。

「上車上車！」老胡興致很高，「這趟我就不跟你收錢了，但是壺洗好的時候，記得通知我呀！」

這個壺到底是什麼？為什麼每個人（每個妖怪）都這麼興奮地期待它的洗滌？明峰納悶的想了很久，卻沒有答案。

＊　＊　＊

離玉山還有兩里路，老胡就把明峰放下了。

他騎著小五十，把五加侖的汽油桶擺在腳踏，背著龐大的背包，一路騎過去。但是騎進山區不久，他發現自己迷路了，繞了不知道多少圈子，他不得不承認自己迷失了。該死的是，這張地圖不知道是幾百年前的版本，產業道路根本就不對，他在山區繞來繞去，就是繞不到矗立在眼前的玉山。

正心浮氣躁的時候，突然路邊有人招手，他減緩了車速，想要問問路。

天氣炎熱，汗不斷的滲出來，但是這對年輕情侶一滴汗也沒有。男生還穿著帥氣的皮夾克緊身牛仔褲，女孩兒著著長袖白洋裝，兩個人的表情有些憂鬱。

「請問，」明峰脫下安全帽，「我要去玉山，要怎麼過去呢？這些該死的路標互相矛盾，我騎了好久……」

「玉山不能夠騎機車，要走過去。」男孩子開口了，「祂不喜歡有人騎著機車干擾安寧。」

「不要騎機車過去。」女孩兒的聲音帶著害怕，「很危險。」

「……走得到嗎？」明峰有些氣餒。

男孩和女孩互看了一眼，像是無言的商量。「……我們帶你過去就走得到。」

女孩垂下眼簾，「請你不要騎機車吧，我們帶你過去。這裡……很危險。」

危險？這時候他才驚覺前面的大轉彎有種扭曲陰沉的氣氛，像是太陽照在剛鋪好的柏油路上，景物有些透明的扭曲。

「請往這裡走，求求你。」女孩兒楚楚可憐的說著，和男孩一起緊握著手。

雖然……明峰有種詭異的感覺湧上來，但是他卻沒有拒絕，沉默的點了點頭，跟在他們後面慢慢走。

走著彎曲的小徑，他們起起伏伏的走在長草中，有種如在夢中的感覺。不知道為什麼，熾熱的豔陽顯得遙遠而昏暗，反而感到一陣陣寒冷。長草裡有些奇怪的蟲子在鳴，聲音是這樣的哀戚。

明明是夏天，走過這個遼闊的草原，卻有種秋天的淒清。

不知道走了多少路，一直走到日影西斜，赫然發現他已經在玉山頂了。

但是他卻沒有一點爬山的感覺。

「幸好在日落前到了……」女孩顫抖著聲音，呼出一口氣。這個時候，天空綿綿的下起雨來。他有些傷腦筋的看著汽油桶，不知道該怎麼接，但是當他打開汽油桶時，奇異的，所有的綿綿細雨都被「吸」進桶裡，讓他看傻了眼。

「你們……要不要先去避雨啊？」回頭看到那對情侶，要人家陪他淋雨實在有點不安。雖然這雨這樣乾淨，像是可以洗滌人心似的。

「不用了，雨很快就停了。」男孩開口了，「你……背包背著什麼嗎？」

背包？他拿下登山背包，發現微微的在發光。疑惑的打開背包，赫然發現那個壺居然在裡面。

他發呆了好一會兒。明明他出門的時候，這個壺還好端端的擺在客廳啊！為什麼……

他捧著髒兮兮的壺，雨水不斷的落下，沖刷著上面的塵土。他試著將接在汽油桶的雨水，澆在壺上面，所有的塵土和汙垢輕易的剝落，漸漸現出天青色的美麗。

等他裡裡外外澆了一遍，無須刷洗，這個壺就像是剛從窯裡拿出來，煥發著琉璃藍的光澤，隱約有些透明。捧在手裡，有種夏夜的沁涼，和難以言喻的心平氣和。

「可以……給我們喝一些壺裡的水嗎？」女孩露出無法壓抑的渴望。

壺裡會有什麼水？剛剛他洗乾淨以後，就沒再裝水進去了……他傾倒壺口解釋著，「裡頭沒有水……」

讓明峰瞠目結舌的是，一股清澈帶著清甜的水，從壺裡源源不絕的流出來。這對年輕情侶捧著水，像是渴了很久很久的喝著，露出非常滿足的表情。

兩個人一起呼出很長很長的一口氣，身影慢慢的透明，隱約的一句「謝謝。」卻在夜空中迴盪不去……

但是這對年輕情侶卻消失了。

明峰張大了嘴，好一會兒才了解自己碰到了什麼。但是很奇怪，他並不害怕。

雨果然停了。他晃了晃壺，發現裡面沒有半滴水。雖然不知道這壺到底是什麼，還是謹慎的裹在衣服裡，背上背包，走下山去。

走到快要天亮，他終於走到出發點。那個大轉彎依舊有邪惡的氣味……但他走過去，小心的從護欄爬下山溝。

昨天這山溝一定也下過雨，泥土腐葉被沖刷開來。一雙變成白骨的手，還緊緊握著。

他沉默了一會兒，喃喃的頌了一卷往生咒，然後掏出手機，打電話給警察局。

雖然被拘留的魂魄自由了，也不該這樣曝屍荒野。他溫柔的拍了拍緊握的手骨，半埋在腐葉裡的骷髏，似乎微笑了一下。

* * *

在警察來之前，他在那個險惡的大轉彎做了一次祓褉。雖然沒有帶任何道具出來，但是他還是盡力的用虔誠補足。

找不到楊柳枝，他用榕樹枝代替，水源太遠，他形式上端著洗乾淨的壺，從空空的壺裡沾取想像中的水，灑淨道路。

但是讓他有點傻眼的是，明明壺裡沒有水，但是他揚起的榕樹枝卻像是灑下一片春雨。懷著忿恨的冤鬼們歡呼著一湧而上，搶著喝那點滴的水，然後在滿足中消失了。

這場簡單的路祭，成果居然這樣輝煌。最少有很長一段時間，這個路段沒有出現車禍，而這個神祕的路段不知道吞噬了多少年輕的生命。

但是潛伏在路段下的古老妖異，根源實在太深了，他還沒有能力祓除。不過他加了個符，大概有段時間會是平安的吧。

警察來了以後，勘查這兩具白骨，感慨著，「啊……是他們啊！找了好久，原來是他們……」

這山中傳說著，有對情侶總是在這路段出沒。大轉彎常常發生車禍，他們就會出現，鼓勵安慰還有一口氣的傷患，幫他們打手機，撐到救援到達才消失無蹤。

山裡面常常有迷失的山客，也會遇到他們。這對善良的情侶會帶著山客到安全的地方休息，等天亮了，山客往往發現自己回到正確的道路。

連巡邏的警察都遇到過，他們騎著機車，在山區不斷的兜圈子，然後在大轉彎發出驚人的煞車聲和碰撞聲，但是怎麼樣也找不到任何蹤跡。

大家都明白他們是什麼，但是誰也沒有說破。山區巡邏的警察甚至自掏腰包設了個小小的香案，不時供些香火和水果，遙祭這對善良的情侶。當然，他們相信這對情侶還在這山裡，但是怎麼找也找不到。

現在找到了。

明峰默默的聽著。化成白骨的他們交抱著，殘缺的白洋裝和皮夾克糾纏在一起。希望他們在彼岸也得到了幸福，能夠永遠在一起。

他背著背包，默默的騎著機車離開山區，這次他沒有迷路了。

等到可以叫鬼車，老胡看到他精神為之一振，「啊呀！回來了？」看他兩手空空，不禁有些失望，「你沒把水帶回來？」

啊，他這才想到，他好像把那個汽油桶丟在山上。

「我是沒帶水啦。」明峰承認，「但是我把壺洗乾淨才回來的。」

「什麼？真的嗎？」老胡高興極了，從後車廂掏出一個小鐔子，「那給我一點列姑射之壺的水吧！以後你搭車都可以不用付錢了！」

「……」他很想說，壺裡沒有任何水，但是想到這個奇怪的壺……他還是悶不吭聲的拿出來傾倒在鐔裡，讓人無言的是，居然剛好裝滿一鐔，然後就沒了。

「這夠我的老本啦！」老胡興高采烈，「上車吧，麒麟一定很盼望你！」

懷著一肚子的問號，他搭著老胡的車回到中興新村。

「這不是我塞進去的……」他趕緊說明，「我也不知道為什麼會在背包裡，但是我的確洗乾淨拿回來了……」

麒麟歡呼一聲，一把奪了過去，「欸？你用過了？」

「不可以用嗎？」明峰驚慌起來，「我又不知道這是什麼，有人要水，我就給了啊～」

「噗，那麼緊張幹什麼？」麒麟心情很好的抱著壺走到屋外，仰望著清亮的滿月。「這時機，還真是剛剛好呢。」

「島上有仙人唷，光呼吸就會飽了，喝露水就會醉了，用不著吃五穀雜糧。他們的心靜得像是深淵裡的泉水，容貌文雅得像是待字閨中的少女。要問仙人在哪裡？列姑射島上的仙人唷，一起來享受天露的恩惠吧～」

明峰疑惑的聽著她的「咒」，怎麼聽都覺得有點奇怪……等想起來的時候不禁一昏。拜託喔～

這是《列子・黃帝篇》：「列姑射山在海河州中，山上有神人焉，吸風飲露，不食五穀，心如淵泉，形如處女。」

這麼簡單的古文需要硬翻成白話文編成咒歌唱嗎?!這種該死的咒歌可以有什麼樣相

對應的法術就真的見鬼了……

還真的……見鬼了。

那個壺像是有生命的一樣，突然深深的呼出一口氣。宛如雲靄般升起，然後空氣中像是出現了無數微星，閃爍著銀白清澈的光芒，緩緩的漂浮在美麗的夏夜中。

微弱的光芒漸漸加強，點點宛如流螢，匯集成閃爍光亮的小小銀河，吸納在列姑射之壺中。

萬籟俱靜，屏息靜氣的看著這樣美麗的奇蹟。

蕙娘將準備好的玉杯拿出來，麒麟笑著倒出壺中聚積的「天露」。

事實上，不過是個會積聚夜露的壺罷了。但是倒在玉杯裡的天露，卻是這樣的醇厚，像是上好的酒。

蕙娘和英俊飲著天露，臉孔有著酒醉的酡紅。明峰試著喝了一口……就是水而已。

但是這水，卻有種清澈而奧妙的滋味。眼前的一切，都變得更清晰，更美麗，深深的引起一種溫柔而滿足的懷念。

像是渴了許久許久的旅人，突然喝到一口家鄉的水。長久而模糊的渴望與鄉愁，就在這杯水中獲得紓解。

「……就是水而已。」他抬頭。

「但，這是你記憶裡，『真正』的水。」麒麟喝著天露，對著喝醉了特別多話的蕙娘微笑。

難道水還有假的……明峰很想反駁，但是握著玉杯，他突然有點迷惘。他之前喝的水，像是這杯天露拙劣的仿冒品。

「這就是列姑射仙人的飲料嗎？」明峰問，「真的有列姑射島這個地方嗎？」

麒麟有些複雜的笑笑，「……你就在列姑射島上，問我真的有這個地方？」

明峰把嘴裡的天露噴了出來，麒麟敏捷的拿起托盤一擋。他大咳了好幾聲，「……妳、妳說什麼？」

「你現在所在的這個島，就是列姑射島啊。」麒麟托腮，無可奈何的看著他。

「妳騙人！」明峰很激動，「喂！我可是土生土長在這個島上的人欸！這邊哪來的神人？」

「神人又是什麼呢？你並不是原住民喔，連所謂的『原住民』都是從南島移民而來的。」麒麟伸了伸懶腰，「而且，什麼是『神人』，你真的仔細想過嗎？」

明峰被她問得目瞪口呆，一時說不出話來。

她轉著玉杯，望著杯底蕩漾的明月，「我太祖爺爺你知道吧？他本來是妖怪。但因為本領太大，所以被天帝下旨招安，因為一紙詔書，他突然從妖怪變成神明了。那你告訴我，他是妖還是神呢？」

明峰望著她，發現自己無法回答。

「什麼仙神啦，魔鬼啦，妖怪啦，都是戰爭後對勝利者和失敗者的稱呼而已。」麒麟的目光很遙遠，「是啦，神族羨慕並且學習了人類高度文明，卻在神魔大戰中，將無辜捲入戰爭的人間化為焦土，所有文明都付之一炬。反過頭來欺負沒有法力的人類……這些，教科書當然是不會教啊。」

她幽幽的嘆了口氣，在滿天流螢似的夜露中，顯得朦朧而美麗。

「列姑射島本來是有群神通廣大的『神人』。但是因為違逆了當權，被流放出這個島了。那些神人，成了許多妖族和人類的祖先。我說過，人類的血統是很複雜的。但是對故鄉的鄉愁，會深深的寫在遺傳裡。」

她伸手接著漂蕩的夜露，「為什麼這麼多人和眾生擠在這個小小的島？因為他們不自覺的懷念著故鄉，想盡辦法回到這裡呀……」

喝過列姑射的水，就一定會回到這裡。人類可能會忘記，但是眾生不會忘記。

「什麼都不剩囉。」麒麟感傷的看著這個歷經戰火猶存的壺，「只剩下一些傳說，和這個被眾生深深懷念的壺。」

滿天流螢飛舞，明峰茫然的看著漂蕩的夜露。明明身在故鄉，他卻感到一股濃重而惆悵，亙古而來揮之不去的莫名鄉愁。

這樣的夏夜，美麗得如此哀傷。

三、母與子的邂逅

很神奇的，列姑射之壺突然消失了。

「被偷了！一定是被偷了啊！」明峰衝進廚房大叫，「列姑射之壺不見了！它就這樣從客廳不見了啊啊啊～」

正抱著整桶冰淇淋的麒麟只抬頭望了望，英俊和蕙娘忙著做午餐，居然沒人理他。

「妳們沒聽到嗎?!寶壺被偷了啊!!」

麒麟挖了挖耳朵，「聽到了……這麼大聲要死了喔？那個壺有流浪癖，不知道流浪到哪去了……」

「那個壺就是這樣啦。」蕙娘笑著，「沒人可以真的擁有他。他高興就出來世間轉一轉，不高興就躲起來沉眠……那是個神奇的壺啊。」

「是呀，」麒麟吃光了整桶冰淇淋，大口灌了杯白蘭地，「幸好我有先見之明，預先接了一大缸天露起來，哈哈哈～」

……我怎麼覺得那個倒楣的壺是被麒麟壓榨過度，然後離家出走的？哪有人沒日沒夜的接天露啊～

「被妳們說得像是像是壺妖一樣，還有流浪癖？」明峰咕噥著。

「壺妖？」麒麟含著湯匙，「為什麼不是壺神？你說看看，神和妖的界限在哪？唉，我教你這麼久，你還是深深受著天界封建思想的束縛啊。修道者被自我的觀念束縛，格局就有限了……」

「我哪有?!」明峰漲紅了臉。

「沒有？那你說看看，這是壺神還是壺妖？其實神或妖都是你本身的反射。你覺得他是妖，那就是你的心走向魔道了。人類就是這樣，沒有開闊的胸襟，太狹窄是不成的……」

壺妖？壺神？妖和神的分界？難道我……難道我真的是個僵化的封建主義者？明峰越想越混亂，抱著腦袋跑出去，發出「啊啊啊啊～」的吼叫。

麒麟追到大門口，「喂，不要只是鬼叫，記得順便買菜和酒回來啊～」

「……主子，他跑很遠了。」蕙娘無奈又寵溺的看著這個促狹的主人。

「放心啦，他個性那麼認真，一定會聽到的。」麒麟要去冰箱裡拿出第二桶冰淇淋。

「妳知道他個性認真，腦袋跟水泥一樣，還這麼喜歡捉弄他……」蕙娘深深的頭痛了。

「這是我最大的樂趣啊。」她往沙發一癱，抱著冰淇淋開始吃，「當人家弟子本來就是要讓師父耍著玩的……不然當師父的樂趣何在？」

不是這樣吧？主子……

「咦？我家主人呢？」英俊從廚房探出頭，「午飯煮好了，他不吃嗎？」

「放心，我會幫他吃掉他的份。」麒麟揮揮湯匙，「等我吃完這桶冰淇淋……今天是西班牙海鮮飯吧？」

英俊屏息看了看足足有小澡盆大的鐵盤裝著的西班牙海鮮飯，「呃，那個……麒麟大人，妳已經在吃第三桶冰淇淋了……」而且餐桌底下有兩瓶空的白蘭地酒瓶，「如果吃不完也沒關係的……」

她不怎麼吃煙火食，蕙娘吃得也很少。麒麟不會……真的想吃光吧？

「隔餐吃就不好吃了呀。」麒麟很享受的吃著冰淇淋配白蘭地，「放心，我裝冰淇淋和裝飯的胃不一樣，我吃得完的。」

結果真如麒麟所說，她不但吃掉了第三桶冰淇淋，還很乾淨俐落的將西班牙海鮮飯吃個精光。雖然痛苦得躺在沙發上呻吟，但是她還要吃甜點。

「……麒麟大人，妳吃了三桶冰淇淋了。」英俊慘白著九張臉，有點怕她的肚子真的爆炸，那一定很恐怖。

「放心啦，」麒麟吞著胃藥，「我裝甜食的胃和裝飯的胃是分開的……今天的甜點不是奶油泡芙嗎？我要甜點我要甜點！」

……她到底有幾個胃啊？英俊九個腦袋都垂了下來。果然人類比妖怪可怕多了啊～

＊　＊　＊

衝到街道上，明峰才冷靜了一點。他再被麒麟耍著玩，早晚會精神分裂……本來有機會逃離她的，為什麼不理智一點？跟那個女人有什麼前途?!天啊～

「堂哥！我終於找到你了！」

明峰被這聲大叫嚇得跳起來，頭髮幾乎全體起立。驚魂甫定的回頭，正是他的小表妹明琦。

血緣的呼喚真是可怕的東西，他才跟堂妹碰頭，周圍的氣氛馬上險惡起來，什麼怪東西像是遇到磁鐵的鐵沙，嘩啦啦的衝了過來。

尤其是小堂妹和那個女鬼纏身的什麼阿丁交往過，潛能「開發」得更恐怖了～

「堂哥？」明琦走近一些，「你臉色怎麼這麼難看？不高興看到我嗎？」她小小的臉孔哀傷了起來。

「怎麼會呢？哈哈哈……」明峰乾笑，「我們、我們找家咖啡廳坐一下吧？」最少有屋頂的地方就有地基主，有地基主起碼可以擋一部分的「那個」吧？

衝進最近的咖啡廳，幸好這個方位主吉，屋主還算善良，地基主小有修行，也真的擋掉了大部分。

「妳……妳怎麼知道我回國了？」明峰感到一陣陣的無力，「我不是說我要出國出差？」

「你回國的時候，我就是知道了啊。」堂妹回答得很理所當然，「像我這麼鈍的人都可以看到黑黑的怪東西在牆角爬來爬去，我就知道堂哥回來這個城市了。」

……他們宋家的血緣這麼恐怖喔？他臉朝下的趴在桌子上，好一會兒無法動彈。

「堂哥，你中暑了嗎？臉色真的很難看喔。」明琦很關心的問。

我、我是中瘟了。「這是緣分吧？台中這麼大，妳居然找得到我……」這大概就是所謂命定的「孽緣」吧？

同源的血脈就是一種孽緣啊!!

「誰說的？我可是找了好幾天呢！我知道你在附近，但是不知道為什麼走不到。」明琦露出困惑的表情，「你明明在這城市，卻也不在這裡。」

廢話。麒麟搞了個陽冥通道，南投中興新村和台中直接相接，妳若找得到，我才會真的害怕……

明琦很得意的掏出兩枝折九十度角的鐵絲，「就是這個！不但找地下水脈方便，找你也是很方便的唷！當然偶爾會找到奇怪的東西啦……」她嘿嘿的笑。

……對。這就是拿來探勘地下水源和金礦的簡單探測器，靈感越強的人越容易使用。握著兩枝九十度角的鐵絲，使之平行，默念著想要尋找的東西，等找到了，兩枝鐵絲會自動張開。

不過，他卻有種不祥的預感。「……除了找到我，妳還找到什麼？」

「大部分是貓狗的屍體啦。」明琦不好意思的笑笑，「還有一些很古老的骸骨……」她有些傷腦筋，「這些都還好，但是有兩具新鮮的屍體，害我被警察盤問老半天……」

明峰再次無力的趴在桌子上，想乾脆死了算了。

「明琦！跟妳說過多少次了！不要去亂用那種天賦！萬一出了什麼事情，我怎麼跟二伯交代啊～」

「……你也犯不著哭啊，堂哥。」明琦搔了搔臉頰，「真的是有事找你商量麼，實在是堂兄弟都沒辦法，我才想要找你呀……」

「妳該不會又交了奇怪的男朋友吧！」明峰一跳，差點打翻了杯子。

「沒有嘛！有很奇怪嗎？」明琦爭辯，「他不過是牧師嘛！你總不能因為宗教就排斥人家，對吧？他很正常啊～」

明峰瞪了她好一會兒，「……該不會除了會驅魔，其他一切都很正常？」

明琦紅著臉，居然低頭喝柳橙汁。喔，天啊，誰來告訴他這不是真的。妳以為默認就會沒事了？我怎麼會有這麼呆、跟鬼怪這麼有緣分的堂兄弟姊妹……

「明琦！」

「不要吼我嘛……」明琦可憐兮兮的說，「這次的事情跟他沒關係啦……真的。雖然我也請他去看過了，但是他說情形不太妙，他也愛莫能助……」

……喂，別人沒辦法的事情找我也同樣沒辦法吧？「這個……很高興見到妳，再見。」他想立刻奪門而出。

「堂哥！」明琦一把抱住他的後腰，害他的頭撞上玻璃門。「修道人不是講究慈悲嗎？那是我最好的朋友啊～」

「那關我什麼事情啊～」明峰慘叫。

但是他的慘叫向來是很無力的，尤其在女人面前。他被拖回去，明琦硬灌了他三大杯的咖啡，差點引起心悸。

聽掉三杯咖啡的時間，只聽到她講述好友不幸的戀情史。

「……簡單說，她交了一個男朋友，懷孕拿掉孩子以後，被那男人甩了，然後過著以淚洗面的生活？」很普通的悲慘，而且這種悲慘找張老師或生命線可能比較快。「我能幫她什麼忙？」

「重點不是她被甩了啦。」明琦憂心起來，「她……好像在宿舍養了個娃娃。」

「娃娃？」明峰被搞糊塗了，「妳說洋娃娃？」

明琦瞪了他一眼，覺得堂哥很笨，「嬰兒啦！但是除了她，好像沒人看得到……」

「……那該帶她去精神科掛號，找我有什麼用？」明峰叫了起來。

她低頭了一會兒，「……這麼說吧，除了她以外，別人看不到……但是偶爾我看得到。」

明峰瞠目看了她一會兒，「喂！妳完全沒有受到教訓喔！妳忘記阿丁……」

「我知道，我知道嘛！」明琦爭辯著，「我知道不要去看不要去管也不要去碰。但是她的樣子很不對勁啊！而且那個娃娃……真的、真的有種惡臭的味道，漂蕩在嬰兒沐浴乳和奶香中。她養了那個娃娃一年，一天天的委靡下去……我總不能眼睜睜看著她死啊……」她懇求的抓著明峰的手，「求求你嘛，堂哥……不知道就算了，但是現在你知道了啊～」

「妳男朋友不是驅魔牧師？叫他想辦法呀！」

「他說根源太深，信仰也不同，他沒辦法呀。大伯和三伯萍蹤不定，我又找不到人……」明琦的小臉都皺了起來，「真的沒人幫忙，我只好看著祖父的筆記……」

「別別別！」明峰跳了起來，「我去看！我就去看看，可以吧？千萬不要自己亂搞啊～」

幾乎是答應下來就後悔了。唉，天啊，他實在不願意沾惹麻煩……

*　　*　　*

所有的麻煩中，女人的麻煩最難搞。

如果遇到的是窮凶惡極的大妖怪，他跟麒麟這麼久了，雖然脫口而出的咒很丟人，但是多少都能夠打發掉。

但是女人這種生物……執念之深，可以成聖，也可以入魔。

所以他一向很怕女人衍生出來的麻煩。

看到小堂妹他就頭疼，小堂妹的朋友也在他的管轄範圍內，還更難搞！而且跟孩子有關……他心裡多少有點底，但也知道分外棘手。

他跟著小堂妹，沉重的到學校宿舍去看看。

說是說學校宿舍，但是校內的宿舍住到爆滿，所以校方在外面跟出租公寓的房東訂了契約，讓學生用比較便宜的價格住進來，還是一戶戶的小套房。

根本不需要堂妹按電鈴，他也聞得出是哪戶。這種險惡的氣味漏出來，真的是令人頭昏。

我該帶個防毒面具，他悶悶的想。等堂妹按了電鈴，他深深的吸口氣——希望情況不要太壞。

但是開門出來的女生，情形已經很壞了。印堂隱隱的浮出黑影，大約不久就要辭世了。

真的是最糟糕的狀況。

「我沒事。」那個女生皺緊眉，「我該交的報告都交了，也天天去上課，妳幹嘛這麼擔心？」

「呃……水越，我是來探望寶寶的。」她揚了揚塑膠袋裡的奶粉，「這是我堂哥，不是外人啦……」

水越愣了一下，不大自然的別開臉，「我哪有什麼寶寶……」語氣卻轉為傷痛，硬裝得面無表情，「我把孩子拿掉了，大家都知道。」

「我知道妳養了一個烏溜溜的寶寶。」明琦鼓起勇氣，「我看到過的。」

水越望著她好一會兒，「……我們沒有傷害任何人。不能夠讓我們安安靜靜過日子嗎？」

「我們……真的只是來探望。」但是明琦不敢看她的眼睛。「我們不是最好的朋友嗎？」

水越動搖了，她遲疑的看看明琦，又看看明峰溫柔的眼睛。不知道為什麼，她莫名的對這個陌生青年放鬆了戒心。

「寶寶在睡覺，請小聲一點。」

他們進入了很小的套房，單人床上睡著一個皮膚黑裡透紅的嬰兒。烏溜溜的漂亮頭髮，長長的耳朵。明峰才進入房間，他大大的眼睛睜開來，筆直的瞪著明峰。

竟是血紅的顏色。

傷腦筋，是魍魎。明峰感到更頭痛了。這古老的妖族靠吸食人氣維生，會發出迷惑人的聲音。

那個魍魎寶寶張開口，「媽媽，媽媽！」

「媽媽在這裡……」水越無限憐愛的將他抱起來，毫無掩飾的在他們面前餵母奶。

這妖物吸得不是奶汁，是這個傻女生的人氣呀！明峰揚起符，水越卻驚覺的抬起頭，護著魍魎寶寶跪了下來，「請不要傷害他！他是我的寶寶呀！」

「……他在吸妳的氣，精氣乾了就會死！」明峰實在看不下去了，「給我！這妖物孩子還沒有長大，等他大了就……」

「我不管！」水越揚起聲音，「我不管我不管！這是我的罪孽！是我把孩子拿掉，所以他才變成這樣回來的！這次我再也不要失去他了！要殺他就先殺我！踩著我的屍體過去就可以殺掉他了！」

他居然讓這毫無法力的女人彈得往後撞，一直撞倒了書架，引起嘩啦啦的大聲響才停了下來。

女人就是這麼麻煩！尤其是當母親的更麻煩好幾百倍！

狼狽的爬起來，他想乾脆使用蠻力了，但是那隻魍魎的表情……卻讓他為難起來。就算是妖怪，其實也是個還沒成長的妖怪，換句話說，是個孩子。

他實在不忍心殺害任何種族的孩子。

「聽我說，」他盤坐在地板上，「世界上沒有所謂的嬰靈。妳是被『母親』這個咒給束縛了。因為『母親』這個咒，所以妳為了失去孩子而哀傷、痛苦，產生了很深的罪惡感……正因為妳的心是這樣空虛，所以給了妖物可趁之機。」

明峰伸出手，「把他交給我。我答應妳，一定不會殺他。但是妳和他繼續在一起，早晚會虛弱而死啊！」

水越的眼神渙散了，他趁她疏神的時候，彈出咒符封住了魍魎的聲音。她應該是被魍魎迷惑了才會這樣吧？

但是水越卻說，「我不要。」她護住了發不出聲音的魍魎，「這是我的孩子。我知道不是我生下他的……但是我養育他一年了。我拋棄過一次，深深後悔到現在，我是絕對不會再拋棄第二個了！我不要後半生都在後悔中度過……如果要這樣，我寧可死！」

他就說過了，他最討厭這種為母則強的執念了！硬搶走那個孩子，她可能不會死，但是會崩潰。崩潰的母親非常容易變成妖物。

他真的討厭這種麻煩……這會讓他、讓他溼潤了眼眶。

魍魎愣然的望望明峰，又望望這個沒有被迷惑的養母。他的眼中出現迷惘和痛苦，不捨和辛酸。水越不斷哭著，沒有法力的她，居然解開了明峰的咒符。

「……我忌妒妳死去的孩子。」魍魎開口了，「我恨妳總是愛著他，將我當作替代品。」

若不是因為這樣，他可以強忍住飢餓，當她的孩子。這個女人的體質很難迷惑……他知道，水越常常清醒著，卻憐愛的養育他。這種感情深到他不想作祟。

但是他好忌妒，好忌妒那個死去的、讓水越哭個不停的胎兒。忌妒到恨不得殺了水越。不然他可以忍住飢餓的。只要在她身邊……餓死也沒有關係。

「不是這樣……你是我的寶寶……在我最傷心的時候出現。」水越一遍遍的摸著他的臉，「你是我的，你是我的寶寶呀……」

魍魎茫然的看著她的淚水，鼻子突然擰出怒紋，狠狠地咬了她的手，從窗戶飛奔出去。

「寶寶！」水越差點從窗戶跳出去，被明琦一把抱住。

「妳的手在流血啊～讓我看一下……拜託妳，看妳這麼痛苦，我也很難受啊……」

明琦跟著哭了起來。

明峰心情沉重的追出去，找了幾條街，發現魍魎蹲伏在暗處。

「我在這裡。喂，法師，盡量不要讓我太痛苦。」他閉上那雙大大的眼睛。

舉起手，明峰卻覺得深深的鼻酸，他揮下……

輕輕的撫摸魍魎美麗的頭髮。

「我會咬你喔！」魍魎喉間滾著低吼。

「咬一兩口不會死啦。」明峰俯身將他抱起。雖然他的妖氣這麼重，嗆到令人頭昏。但，這是個孩子，是個心碎的孩子。

結果魍魎真的一口咬在他肩膀上，痛得要死。

唉，所以說，他最怕這種麻煩了。不是每個妖族的母親都會寶愛孩子。魍魎這個屬於山精的種族，孩子一生下來，母親就棄之不顧。到底生下來的魍魎寶寶眼睛就是睜開的，不到一個鐘頭就會站，半天就可以自己獵食。

但是戀慕母親，是每個眾生孩子的本能和渴望，所以魍魎孩子通常會去找個人類養母，吸乾她的精氣。

而現在狠狠咬著肩膀的小魍魎，卻讓人類養母活了一年多。

「……雖然不會死，但是很痛。」明峰捏著鼻子，將他提起來，「你是咬夠了沒有啊？」

「我又不是，我又不是自己想要當妖怪的！」那個倔強的小魍魎狠狠地擦去眼淚，「我也希望我真的是她的孩子啊！我也不是、不是希望殺死她的啊！」他放聲大哭，「誰會想殺自己的媽媽？媽媽，媽媽～」

唉，我的頭好痛。明峰無奈的提著這隻嚎啕不已的小鬼，無力的招了鬼車回去。

「……我說啊，你不要什麼流浪動物都往家裡撿。」麒麟很不愉快，尤其是這死小鬼哭累了，居然跟她搶起焗烤千層麵——本來明峰不在家，他的那份也該是麒麟的！

「他不是流浪動物。」明峰沒好氣的回答。

「我又不是自己愛來的！」小魍魎露出白白的利齒咆哮。

「你吸了我主人那麼多氣，還敢對麒麟大人大呼小叫！」英俊很不爽的賞他一翅，兩個妖怪很激烈的打成一團。

「你帶他回來幹嘛？」麒麟一面喊加油，一面懶懶的問。

「我、我也不知道。」明峰非常無奈，「總不能把他丟在外面吧？他還是個小孩欸……」

「他妖氣這麼重，你應該被嗆得很暈才對。」麒麟扁眼看著這個好心過度的弟子。

「這、這也沒辦法啊。」他一點都不想跟眾生牽扯太多。說不定等這魍魎孩子長大，第一件事就是設法把他或麒麟吃下肚。

但是殺孩子……他辦不到啊！

「我不殺孩子的。」麒麟舉起雙手，「甚至不怎麼喜歡殺生。你別指望我替你解決……」

明峰悶悶的看了她一會兒，走進自己房間，掏出一瓶讓麒麟瞳孔放大的特級伏特加。

「我不會因為一瓶酒殺孩子。」麒麟的聲音很軟弱。

「沒要妳殺他。」他轉頭吼，「夠了沒啊？要打滾出去打，我快聽不見我自己的聲音啦！」

蕙娘無言的開門，這兩隻妖怪很聽話的「滾」出大門去繼續大打出手。

「能不能想個辦法封住他的妖氣？」明峰難得的低聲下氣，「他和水越……唉，怎麼說呢？母子也是種緣分，這不因為他是妖怪，水越是人，有什麼改變啊……我不想聽到他們的哭聲，這樣我晚上睡不著啊……」

麒麟托著腮，看著這個溫柔到掐得出水的弟子。別人或許會說這樣的心腸太軟弱，不能修道；但就因為修道成仙的都是些沒人氣的傢伙，天上人間才會這麼亂。

「蕙娘，把院子那兩個小傢伙提進來。」她懶懶的起身，「喂，你。」她戳了戳明峰，「去把天露打一瓶上來。」順手搶去了那罐伏特加。

喝死妳！明峰扁了扁眼，下去地窖打了瓶天露，忐忑不安的爬上來。蕙娘一手提著氣呼呼的英俊，一手提著張牙舞爪的魍魎。

至於該死的麒麟，已經就著瓶口開始喝起伏特加了。

那種點火會燒起來的酒……「妳不怕急性酒精中毒，就這樣灌？」他忍不住開口了。

「安啦，我裝酒的胃和甜食、主餐、冰淇淋不是同一個……」她接過天露，「喂，小鬼，你願意放棄妖力和那女人在一起嗎？」

掙扎不已的魍魎突然獃住，「……可以一直在一起？」

「反正人類的血統夠複雜了，多個魍魎的血統也沒什麼嘛。」麒麟喝著伏特加，「我沒辦法改變你的外觀，但是可以拔除你的妖氣，這樣你才有辦法在人間跟人一起生存啊。你不會希望有個死掉的媽媽吧？」

魍魎僵住了一會兒，求助似的看著明峰，害他很狼狽。

「這個……我想是有辦法的吧？她雖然是個爛酒鬼，但是道行還算不錯啦……」

「爛酒鬼可以省略。」麒麟有些不悅。

「灌著伏特加說這種話，妳不覺得很沒說服力嗎?!」明峰的青筋都浮出來了。

「我願意。」魍魎大叫，「只要可以跟媽媽在一起，我願意！」

「將來後悔也是可以的啦。」麒麟懶懶的把半空的伏特加放下，拿起天露，「如果你想成妖，修行就可以了。不過，等你學會怎樣成妖又不會傷害到人再說……你別忘記了，當你認母的時候，人類也是你的眷族了。」

小魍魎不斷的點頭，烏溜溜的臉孔縱橫著淚水。

麒麟拿起天露，在小魍魎的頭上澆了個十字，「聖父聖子聖靈，阿門！」

大家屏息等待奇蹟——卻什麼事情也沒有發生。

「喂！妳又不是神父或牧師，幫個中國的妖怪受什麼洗啊?!」明峰吼了起來。

麒麟指了指牆上掛著的證書。她不但是長老會認可的牧師，還是梵諦岡認可的修女。

「……受洗對他有什麼用啊？」明峰的聲音更大了。

「對啊！受洗對我有什麼用啊？」魍魎也跟著叫。

「啊？你覺得你身上還有妖氣嗎？」麒麟懶懶的癱回沙發，托著腮。

明峰和魍魎互相看了看，真的……那股嗆人的妖氣居然無影無蹤。「為什麼這麼隨便的受洗可以……」

「你不知道宗教的『絕對信仰』是隔絕妖氣的最好辦法？」麒麟有氣無力的舉起食指，她眼皮沉重起來，大大的打個呵欠，「啊，對了，最好信仰天主教喔。記得早晚祈禱上教堂，大約妖氣在你長大之前都不會出現。」

喝了一整天的酒，也喝得很累，她很自在的躺在沙發上呼呼大睡。

明峰垂下了雙肩，魍魎很同情的拍拍他的肩膀。「我會記得你的恩情的。」

「……別吃人就可以了。」

「嗯。」魍魎點點頭，「我承認人類是我的眷族了。我不會吃跟媽媽同族的族民。」他很快樂的衝出去，又衝了回來。「大哥哥。」

變得這麼禮貌……真有點不習慣。「嗯？」

「有這樣的師父很辛苦。」他慎重的又拍拍明峰的肩膀，「你要撐到我長大回來報恩。」

……除了無力的跪在地上，他還能說什麼？

後來，聽說水越搬出宿舍，休學了。明琦有些憂鬱的告訴他，那個妖怪孩子又回來了，而且水越慎重的幫他取了個名字，叫做鏡華。不但休學去工作養家，還把鏡華送去托兒所。

「大家都以為那是她跟黑人生的私生子……」換明琦無力的趴在桌子上。

明峰沒答腔，但是卻莫名其妙的感到高興。有媽媽……是很好的事情啊！他是多麼想念自己的媽媽……

「沒事了吧？」他付了帳，「以後不要再給我添麻煩了……」浪費他多少眼淚，真是的。

「這個……」她遲疑了一下，「堂哥，其實……」

明峰跳了起來，掩住耳朵，「不！我不要聽我不要聽～」

「但是那兩具新鮮的屍體來託夢了！怎麼辦呢？堂哥……」

「我聽不見！我什麼也聽不見！」他立刻奪門而出，卻被堂妹緊緊的抱住後腰，

「放開我！讓我回紅十字會！天啊～我不是驅魔神探哪～」

四、英俊網戀記

最近英俊有點怪怪的。蕙娘提醒他以後，明峰仔細的觀察她，才發現，似乎真的不太對勁。

他收式神都是在很偶爾的狀態下，本來就不打算拿來當奴僕，不要說他體內那批頑劣不馴的狂信者，就算是自願跟來的英俊，他也都很放任。

但是最近真的太不尋常了。那隻九頭鳥突然沉迷網路，整天都對著螢幕痴笑，既不吃飯也不睡覺，沒事還拿朵小花喃喃自語的拔花瓣。

她到底在幹嘛？明峰伸長脖子，想偷看她在做啥。她會突然孔雀開屏似的伸出九個脖子，把螢幕擋起來，振振有辭的要明峰尊重她的「隱私權」。

九頭鳥要什麼隱私權？

但是她不再像以前一樣主人主人撒嬌地跟前跟後，真的有點悵然若失的感覺。

「我做了什麼讓英俊討厭我了嗎？」他撐著臉，失落的在餐桌上畫圈圈。

這個……蕙娘把菜放進冰箱裡，想了一想。「……女孩子長大本來就會這樣。」沒辦法，她又不能說得太明白。

總不能告訴明峰，「英俊戀愛了。」

他一定會受不了的。

是的，姑獲鳥英俊墜入愛河了。雖然說，她還沒有成長到有真正的性別，但是心理的性別倒是萌芽的很早。

而且還有個萬惡的淵藪——網路，她沉入愛河的速度可比光速。

事情是這樣的：起初，她幫麒麟下載卡通，加上她本人也愛看，就去逛了網路的某個討論區。逛著逛著，忍不住註冊寫了幾篇感想，跟幾個板友頗談得來，然後從討論區逛到聊天室，她從來不知道與人交往這麼有趣。

然後沒多久，她跟聊天室的某位先生熟了起來，互相交換了msn。

然後？然後就完了。

那位先生在公司擔任網管，閒得要命。天天跟她傳msn，傳到最後，就開始談「戀愛」了。

你要知道，英俊單純得像是張白紙，哪敵人間男子的陰險狡猾？一個禮拜就拐到了她的芳心，還騙到了她的照片。

當英俊含羞帶怯的變化成人身，在臉上塗了大紅大綠宛如京劇花臉，央求麒麟幫她照相時，麒麟差點一口氣上不來，活活笑死。

「妳……妳……」麒麟奄奄一息的從地板上爬起來，「妳塗成這樣要照相？」

「人家，人家……」英俊扭捏起來，「他……他想要我的照片。我又不知道人類美醜的標準……」

戀愛？麒麟嘆了口氣，「妳家主人勒？妳不是要跟他同生共死？」

「主人只把我當寵物。」她有點賭氣，「他是愛我的。」

男人的「愛」超級廉價，網路上的男人，更是便宜到跳樓大拍賣。不過麒麟沒有說破，只是把她拖過來，仔仔細細的卸妝，化了一個精緻的淡妝。甚至吹了口氣，將她變化不過來的蛇髮，轉換得烏黑亮麗。

女孩子嘛，總是要在失戀中獲取一些經驗、一些成長。這種事情用教的教不來，一定要自己頭破血流的撞個幾次才會懂。

（就算是妖怪少女也不例外……）

麒麟拍照有專業級的水準，那張照片顯然讓那位先生燃燒了起來，積極得幾乎是猴急的，央求和英俊見面。

「怎麼辦？」她害羞又害怕的找麒麟商量，「他想跟我見面。」

「就見啊。」麒麟覺得這樣的發展真是太有趣了，「妳不是覺得人類都很醜？」

「欸？我是那種以貌取人的女生嘛？」英俊憤慨了，「我愛的是他的心靈，又不是外貌。他長什麼樣子我都能接受的。」

麒麟搔了搔臉頰。不管男人女人，都會說自己不會以貌取人。不過女生說這句話的時候比較誠懇。

男人？哈！

「我衣服借妳。」麒麟幫她打扮起來，「別把他吸乾了。」

英俊很憤慨的抬頭，「我才不會！我愛他呀！」

啊？你們現在才要見面，從何愛起啊？「祝永浴愛河。」麒麟懶懶的癱回床上。

英俊困惑的看了她一會兒。「……為什麼人類老愛說這句？我去愛河看過了，髒得很，怎麼洗澡呢？」

麒麟翻個身，把自己埋在枕頭裡悶笑了很久。

* * *

英俊很少出門。

身處在人群中，她都會感到很惶恐。人太多，漏出來的氣也太多了……她雖然是吸食生氣的妖怪，被這麼多混亂的氣包圍，也會有被噎死的感覺。

只有一雙眼睛，讓她好不習慣。她不能像本尊那樣四面八方的戒備，沒有羽毛的遮蔽，光裸的腿和手臂覺得冷颼颼的。

雖然天天看著主人和麒麟，她還是覺得人類的身體好醜，不如姑獲鳥的優雅。不過，在愛的面前，這一切都是可以忍受的。

等了好一會兒，有人輕輕的戳了戳她的手臂。她嚇得差點「啄」了他一下——幸好人類的脖子很短，她「啄」不到。

「是……是小英嗎？」一個帶著眼鏡，相貌絕對普通的青年，又驚又喜的問她。

「嗯。」她紅了臉，「你、你是克勞德？」

這就是英俊和克勞德第一次見面的狀況。她那雙楚楚可憐，宛如無辜貓咪的眼睛，似乎擄掠了克勞德的心。

嗯，英俊的網戀，終於擴展到現實。而純情的她，並沒有計較人類的醜陋，很認真的往愛河沉淪。

當然啦，戀愛的女孩子嘴巴特別不緊，很快的，家裡每一個人都知道了。

不過明峰卻像是受到很大的打擊。

「那個男人是誰?!我去咒殺他！居然敢騙純情又呆頭呆腦的呆鳥～」他滿腹爸爸或哥哥式的憤慨。

蕙娘相信，那個倒楣鬼若來家裡，一定會被明峰抓著菜刀殺出去。

「英俊高興就好啦。」麒麟懶懶的翻過一頁《史記》，「她是你的式神，又不是你太太。」

「她是我最珍愛的小鳥兒啊～」明峰怒吼了。

（……是說，這麼猙獰還有九個腦袋的「小鳥兒」也滿罕見的……）

「……『小鳥兒』大了總是會嫁人，沒嫁人也是會戀愛的啊。天經地義的事情，你吵什麼？」麒麟白了他一眼。

被她這樣一堵，明峰思前想後，很失落的去牆角畫圈圈，背影有著哀怨深重的陰影。

但是英俊是不會看到這些的啦（戀愛的女生都比較殘忍一點），她整天都談著克勞德，帶著一種如在夢中的神情，整天都在msn上面和克勞德談情說愛，晚上就衝出去和克勞德吃飯、看電影、逛街。

「麒麟大人……」她用一種驚嚇又驚喜的表情，扭捏的用翅膀戳戳，「……妳的初吻……有沒有感到天崩地裂，像是被天打雷劈一樣？」

聚在客廳看漫畫或動畫的所有人都睜大眼睛瞪著她，明峰跳了起來，拉開大門衝進院子，發出「哇哇哇哇～」毫無意義的怒吼。

英俊瞠目看著主人異常的行為，「主人……怎麼了？」她滿懷同情，「難道是因為他交不到女朋友所以深受刺激嗎？」

麒麟深深吸了口氣，望著天花板數到十，才算用最高深的修為把狂笑壓下去。「我想，」她拿出最嚴肅正經的表情，「那只是部分原因。」

不能笑不能笑……笑出來就傷害到最珍貴的少女心了。

「妳剛問我什麼？初吻？」她咳了一聲，「是有這麼回事兒。不過我只覺得嘴皮子碰一下，沒有什麼太深刻的感覺。」

「那一定是妳不愛他。」英俊九個腦袋十八個眼睛都專注的看著麒麟，下了非常嚴肅的結論。

是她。不過麒麟並沒有糾正，「沒錯，我一點都沒愛上『她』。」

「就算跟喜歡的人，我也只覺得溼溼的，有點噁心。很想拿開水燙一下他的嘴皮子消毒一下。」蕙娘托著腮插嘴。

「……那俊英天天溜進來廚房幹嘛？借醬油？妳沒附根吸管給他？」麒麟沒好氣。

「欸？」蕙娘紅了臉，「第一次怎麼會喜歡？當然是嘗試很多次以後……」

原來你們嘗試很多次才喜歡親吻的滋味啊……

「是不是我不正常？」英俊憂心起來，「我覺得好像被雷劈中。」

麒麟的自制終於崩潰了，她倒在沙發上笑到會嘶鳴。英俊氣得推了她好幾下，賭氣好幾天不跟她講話。

這麼說好了，談戀愛的女人很蠢，談戀愛的妖怪少女特別的蠢。她現在幾乎都化作人身，用她原本很厭惡的形體在家裡活動。

（當然不可避免的打破很多盤子和杯子，打掃過的家裡像是颱風過境。畢竟人身少女是戰鬥形態，你不能要求她太多……）

麒麟有些頭痛的發現，她每次約會回來，腳尖離地三寸的騰雲駕霧，原來「樂得飛飛」是這種情況啊……

這還不是最糟糕的。麒麟無聊到看新聞等卡通的時候，畫面上正在轉播新光三越電箱爆炸的意外。鏡頭雖然一閃而逝，她卻差點被小餅乾噎死。

英俊居然在意外現場，這總不會是巧合吧？等英俊回來，她認真的盤問，「今天……你們去了新光三越吧？」

「對呀。」她眨著無辜的大眼睛。

「……那個什麼克勞德的對妳做了什麼？」

「他突然摸我……」英俊害羞起來，「欸？妳怎麼知道？」

「……妳該不會又有天打雷劈的感覺吧？」麒麟有種不祥的預感。

「有啊。」英俊坦承，「我覺得好像有雷劈在我旁邊。」

麒麟無力的趴在沙發上。原來，這些時候讓電力公司疲於奔命的「意外」，只是因為某隻九頭鳥戀愛了，激動的情緒引發電力超載的共鳴。

雖然不是她的式神，但到底也是她弟子的式神。再說，她向來疼愛女孩子，管她是人類還是妖怪。

懶斷骨頭的麒麟意外地自動自發找了硯台磨墨，正正經經的寫了道平安符，更正經的縫了個精美的符袋，三兩下做成非常富有民族風味的項鍊，戴在英俊的脖子上。

蕙娘吃驚的摸摸麒麟的額頭，覺得她一定發燒了。

「我沒發燒，」麒麟嘆了口氣，對著英俊說，「但是拜託妳戴著，不然電力公司的主管會真的發高燒。」

* * *

在英俊戀愛滿一個月的某個午後，麒麟派鬱鬱寡歡的明峰到台東出差，英俊去約會，麒麟難得安靜的在家裡邊喝酒邊看《奇諾之旅》的動畫。

蕙娘端了部小筆電，正在幫麒麟找有什麼新的動畫可以下載。「《keroro軍曹》好不好？看評價好像很不錯。」

「嗯，好……」麒麟漫應著，「我也聽說好像不錯看……」

蕙娘卻好久沒說話，呆呆的望著螢幕，「……啊。」

「找不到下載點？」麒麟奇怪地看著向來泰然自若的蕙娘，她卻滿臉困惑和驚恐，

「英俊的男朋友叫啥？克勞德嗎？」

「對啊。」麒麟喝了口冰涼的梅酒，「妳在看什麼？」

「……這個動漫畫討論區的連結是英俊給我的。她還很害羞的說，就是在這邊和男朋友邂逅的。」蕙娘沉默了好一會兒，「不過……」她指了指討論區。

麒麟湊過去看──標題赫然寫著「我的克勞德，我的愛。」

「也可能只是巧合？」麒麟不太有把握的點進去看……看完她和蕙娘面面相覷。

「不行，我得去查看看。」蕙娘埋首登入一組帳密，「我去拜託得慕幫我查一下這

個IP……」

真相總是殘酷的。等得慕效率很好的回傳情報正確，那個克勞德有個交往六年的女朋友以後，麒麟和蕙娘愁眉相對。

「怎麼辦？」蕙娘問。

麒麟喝了口梅酒，偏頭想了想，「不怎麼辦。就告訴英俊這件事囉！」

「欸？英俊怎麼受得了？」蕙娘不忍了。她愛過，她明白那種感受。剛和俊英分手的時候，有段時間她看到食物就想吐，呈現每小時哭泣五分鐘狀態，麒麟無奈的說過她比鬧鐘還要準。

問題是，俊英依舊深愛她，每次她哭完還會覺得安慰。但是……

英俊等於是被欺騙的，那個單純的妖怪少女受得了嗎？

事實證明，她的確受不了。當英俊知道了這件晴天霹靂以後，把自己關在房間很久很久，傳出陣陣驚天動地的哭聲。

坦白說，遇到這種事情誰不傷心呢？但是你也知道，人心隔肚皮。男人只覺得這是風流韻事，每一個他都很愛，跟女人的觀感大不相同。

「他騙我說他沒有女朋友！」英俊在房間裡尖叫，然後埋首繼續哭。

任妳是多麼神通廣大的妖怪，遇到這檔子事也跟人間的少女沒兩樣，除了抱著面紙哭，好像也沒其他辦法。

不過連哭兩天兩夜會不會太誇張了？麒麟忍受不了，進房間把那隻脫水的九頭鳥提出來，拿起天露猛灌。

「怎麼辦？喝了天露我只是有眼淚可以哭……」她十八個眼睛又開始溢出眼淚。

「……我教妳一個咒歌。」麒麟無奈的說，「妳把這段咒歌唱給他聽，念完了，妳就不會再哭了。」

麒麟唱了起來：

「為了你在此流連忘返，年華已逝，誰能讓我再度美麗？

默然的在石間尋找著傳說中的靈芝，荒石崎嶇不盡，藤蔓阻途沒有邊境。

怨恨你啊，怨恨到忘了歸途，或許你在想念著我，只是沒有空閒。」

幽怨的調子在空間裡蔓延，但是英俊卻忘記了眼淚。悲傷到了一個極致，反而哭不出來。

「妳的結咒是什麼呢？」麒麟唱完咒歌，托著腮看她，「妳的結咒關係到妳怎麼面對。」

「你在別的女人懷裡想念我，我也不希罕！」英俊怒吼了起來，變化成人身，衝出大門。

蕙娘看著她怒氣沖沖的背影，「……真的不會有問題嗎？」她有點憂慮。

「放心吧。」麒麟喝掉最後一口梅酒，「總是要跌到頭破血流才能學會什麼。」

「我擔心她殺了那個傢伙……」不管怎麼樣，她都不希望這隻單純的九頭鳥因此犯下殺孽。

「安啦。」麒麟拿起遙控器，繼續看《奇諾之旅》，「當妳由愛轉恨的時候，那傢伙的氣會顯得特別難以下嚥。她這麼聰明的女孩，一定會明白的。」

蕙娘稍微放心了一下，繼續下載著卡通。「嗯，麒麟……」

「啊？」她漫應著。

「妳教給她的好像不是什麼咒歌。」她寵溺又無奈的看著麒麟，「那是《楚辭・九歌》〈山鬼〉篇吧……」

原文應該是：

「留靈脩兮澹忘歸，歲既晏兮孰華予？

采三秀兮於山間，石磊磊兮葛蔓蔓。

怨公子兮悵望歸，君思我兮不得閒。」

妳幹嘛好好的原文不教，硬要翻成白話文才高興？

「是咒啦。」麒麟啃著餅乾，「妳不知道，配合心境就是咒啊！還有什麼比戀愛和失戀的情緒更強？這是非常強大的咒啊！」

「反正我不懂的都是咒，對吧？」蕙娘嘆了口氣。

「沒錯。」麒麟胡亂的點頭，換了下一片VCD，「妳不懂的通通都是咒。」

「……妳不要連我都用《陰陽師》敷衍，」蕙娘感到陣陣無力，「難怪明峰天天想回紅十字會……」

「他跑得掉嗎？」麒麟仰首，「不知道記不記得幫我帶小米酒回來？」

這個時候，蕙娘深深同情起可憐的明峰了。

五、當哥哥的心情

出差回來，匆匆的把小米酒扔給歡呼的麒麟，明峰迫不亟待的找著他心愛的式神。找到的時候——他受了不小的驚嚇。

他是看過鴨賞，但是九個腦袋的鴨賞真的是很罕見的！

只見英俊軟趴趴的趴在沙發上，皮膚都皺了，羽毛跟稻草一樣，一點光澤也沒有，乾扁得像是還有羽毛的鴨賞……

「妳怎麼了？」明峰慌張的把她抱起來，「是不是麒麟虐待妳?!」

灌著小米酒的麒麟瞪了他一眼，「你看我像是虐待動物的人嗎？」

「不然怎麼會變成這樣？」心疼的看著皺巴巴的英俊，他輕聲哄著，「乖喔……告訴我，為什麼會瘦得跟鴨賞一樣？是誰欺負妳了？不要怕，我替妳出氣！」

說到底，還是主人對我最好……英俊十八個眼睛冒出眼淚，像是蓮蓬頭似的猛幫明峰洗衣服，「哇～還是主人好……我再也不要談什麼蠢戀愛了！我要侍奉主人一輩子～

男人都是壞蛋！壞蛋！只有主人最好了……哇～」

衣服半溼，但是他還是不知道英俊是怎麼了。又哄又騙的問半天，好不容易從英俊顛三倒四又嗚咽難辨的敘述裡，組織出一個大概。

靠～我宋明峰的式神，是隨便別人欺騙感情的嗎?!

「我去宰了那個王八蛋～」明峰怒吼。

「那個王八蛋住院了。」正在吃小米麻糬的麒麟閒閒的說，「據說他看到妖怪，嚇得昏倒了，正在醫院打擺子。」

「啊？」

「我、我不是故意要嚇他的……」英俊抽抽搭搭，「我只是太生氣了……他還騙我說沒那回事情……剛好他女朋友出來看，他居然、居然跟他女朋友說，是我去纏他的……我好生氣好生氣，好悲哀好悲哀……就、就變回原形……」

這對那個男人來說，是場可怕的惡夢吧？

美麗可愛的第二女朋友，滿頭烏黑亮麗的頭髮漸漸昂揚，化成滿頭蛇髮。大大的眼睛變得血紅，形體模糊、膨脹，等看得清楚時，已經化成九個頭、蛇頸，有著鷹鷲的利爪和猙獰面容的九頭怪鳥。

那怪鳥還對他發出淒慘的尖叫，「你！欺騙我！」

你永遠不知道會在網路上遇到什麼——他突然想到這句話。是的，他獵豔無數，居然去獵到一隻妖怪。

嚇破膽子的他，雙眼翻白的暈了過去。

反而是他的女朋友一個箭步衝過來，護在他面前，「住手！不要傷害他！我知道他很壞、很可惡……但他還是我最心愛的人啊！」她嚇得雙腿不斷的發抖，幾乎站不住。

但是女人身在戀情中，哪怕是多麼不堪的戀情，就會湧生出非常強悍的勇氣。

她哭著，妖怪也哭著，兩個不同種族的女性相對垂淚。

「妳好傻……」猙獰的九頭妖鳥像是瀑布一樣流著眼淚。

「我知道我很傻！」女孩護著暈倒的男人哭，「如果妳一定要殺掉他，那就先殺我吧！死掉我就看不到他被扯碎了……雖然我知道他該碎屍萬段！但我就是放不下啊～」

「我也很傻、很傻……」她展翅，從樓梯間的小窗戶颼的飛出去，留下毫髮無傷的女孩和男人。

「我不是故意傷害人類的。」英俊已經把明峰的衣服哭到溼透，但是明峰卻沒把她提開，「我只是太生氣……」

「但是該死的人類傷害了妳啊！」他跳起來怒吼，「我去宰了他！」

英俊苦苦哀求的抱著他大腿，「不要啦，主人，不要啦！是我自己笨……哇～」

「鬧水災了啦。」麒麟把腳縮回沙發上，「滿地的水，蕙娘擦地板很辛苦欸。」

睇了這群吵吵鬧鬧的房客，蕙娘很沉重的拿起拖把。其實沒有人發現，英俊失戀，最大的受害者，是蕙娘。

她一天要拖二十幾次的地板啊……

「誰拿個水桶接著她的眼淚？」她無奈了，「我擦地板擦得好累……」

*　*　*

他在思考，要怎麼讓英俊高興起來。但是說到這個就很棘手了，坊間的書雖然多，但是只有教育子女或是教養寵物的，卻沒有人教怎麼安慰傷心欲絕的式神。

仔細思考了一下和英俊的關係，代換成親屬表，勉強算是他的妹妹。但是也沒人教怎麼安慰傷心欲絕的妹妹，他的堂表妹都活潑樂觀得過頭，他自己又沒有親生妹妹。

逛了半天的書店，只找到一本《我妹妹》。但是裡頭的觀點好像對他一點用處也沒有。傷腦筋的抱著胳臂，他試著翻閱寵物類的書籍……

（雖然他不認為英俊是寵物）

不過他找到一點可以參考的資料。雖然只有一點點，他還是捧了一堆寵物書回家。最少寵物書教他怎樣讓心愛的寵物心情開朗。

雖然他不知道這到底有沒有用啦，不過他真的去買了個毛刷和相關物品。

委靡的英俊被他抱到膝蓋上時有點莫名其妙，但是羽毛被梳得亂蓬蓬時，她終於按耐不住了，「……主人，你在幹嘛？你把我的羽毛梳成這樣……我不能飛欸。」雖然心情跌到谷底，飛不飛已經不要緊了。

但她還是不太喜歡蓬成一團。

看著蓬得像個大毛球的英俊，明峰努力忍住笑。但是麒麟的噗嗤害他的自制力崩潰，忍不住大笑了起來。

結果心情開朗的是他，英俊躲在牆角生悶氣。

不行，這招不行。

「呃……天氣這麼好，我們去院子散步好嗎？」他陪笑的哄著。憂傷的英俊狐疑的看他一眼，不知道他有啥花招。不過，主人這麼溫柔的邀約，說不去好像說不過去。

春光明媚，但是她的心卻像是盛雪隆冬。跟著到戶外，她心情還是很憂鬱，這讓明峰更心疼。

「妳想玩什麼？球？飛盤？」明峰滿臉陪笑。

英俊定定的看著主人，懷疑他是不是發燒了。她怎麼會喜歡玩這種小孩玩意兒？

「……我不想玩。」

「來嘛，很好玩的，我示範給妳看喔！」他笨手笨腳的丟出飛盤，結果打中了庭園裡的樹，很巧妙的反彈回來，剛好打中了明峰的額頭。

明峰蹲在地上摀著額頭，好一會兒說不出話來。

「主人……你、你不要緊吧？」英俊飛奔過來，扳著他的手指看傷，「腫起來了欸……」她吹了口氣，讓腫包消下去，溫柔的看著尷尬的明峰。「不痛喔，不痛喔……」

明峰摸著她的頭，雖然表情這樣猙獰可怕，但是眼神卻像是無辜的貓咪，溫柔的跟水一樣。

怎麼有人忍心傷害這樣溫柔的眼神呢？

「真的有那麼痛嗎？」英俊著慌了，「不要哭，乖喔……是不是腦震盪？我去叫蕙娘……」

「嗚……我只是希望妳快快樂樂的長大成人啊！」明峰淚流滿腮，「妳每天都這麼難過，我又沒辦法幫妳……我、我……我覺得我是沒用的哥哥啊～」他哇的一聲哭起來。

（其實英俊長得夠大了，就算真的長大也不會「成人」。這位愛哭的哥哥冷靜一點……）

英俊愣了一下，又想哭，又想笑。她的主人……真的很好、很可愛，很不把她當式神啊。

「我、我想去看電影。」她含著眼淚笑著，變化成人身，「主人，我們去約會吧。」

談過戀愛以後，她知道，假日一個人在家裡，是多麼孤獨無聊。「我去化妝換衣服，等我喔。」

沒有了男朋友，她還有主人啊。主人是多麼溫柔，多麼為了她的憂傷而憂傷啊。她總不能一直哭，讓主人也跟她一起哭。

她不喜歡主人臉上露出那樣傷心的表情。

明峰去洗了把臉，換好衣服等著。不一會兒，他抬頭，意外看到一個絕色少女。她妝點合宜，穿著可愛的暗繡白洋裝，梳著整齊的公主頭。但是最漂亮的不是這些外貌，是那雙美麗的眼睛，依舊像是無辜貓咪一樣，又大又圓，充滿了掐得出水的溫柔。

有這樣的妹妹很棒。但是他也喜歡那隻表情猙獰卻眼神溫柔的九頭鳥。

「英俊不管什麼樣子都很好看。」他衷心的讚美著，心裡卻有著濃重的失落。麒麟說，英俊還沒長到有性別的年紀。等她有了性別……不知道哪隻該死的笨鳥就會上門求親，拐走他心愛的小妹妹……

雖然知道不應該，他還是想拿菜刀把每個求婚者都殺出去啊～～

強忍住喉間的一點不捨，「想看什麼電影啊？」

「我想看『不可能的任務三』。」英俊笑著，卻差點掉下眼淚。這本來是克勞德跟她約好要去看的。

不可以哭……不可以哭……雖然她用的是防水眼線，但是她不想讓主人覺得難受。尤其是他這樣疼愛的看著自己的時候。不管是人身，還是鳥身，他的眼神都沒有改變過。

她挽著明峰的手臂，將臉偎在上面。「主人，我好喜歡你。」

「我也是啊，我最喜歡英俊了。」他摸了摸她的頭髮，伸手招鬼車，「老胡啊，我們要去看電影了。」

* * *

台中的戲院不算少，但是有規模的就那幾家。英俊堅持不要去新光三越，明峰順她的意，到老虎城看。

其實明峰對看電影的興趣不大。不過若能讓英俊的心情好起來，在電影院泡一天也無所謂。

但是在入場處，卻遇到意外的人。

英俊愣愣的看著和他們迎面遇上的情侶，身體微微的發抖。那個男的看清楚她的臉，嚇得躲到女朋友背後。

明峰看看發愣的英俊，又看看那個臉色大變的男人——他應該是那個他媽的什麼德吧？

「你！」明峰怒火中燒的想衝過去，卻被英俊死死的抱住胳臂，「不要理他啦！我們走啦，我們去看電影……」她的聲音有著嬌弱的嗚咽，「不要管他了……」

「警察……」克勞德縮在女朋友背後嚷，「警察！有怪物啊！你們這兩個怪物！他們要來殺死我了～」

長長的走道，兩旁放映電影的廳院漏出微弱的音效。英俊緩緩的轉過頭來，表情卻是憤怒的。

怪物？他污蔑主人是怪物？他污蔑我最心愛的主人嗎？

「怪物？我才是真正的怪物。」她形體沒有改變，但是影子不斷的膨脹、昂揚，九個頭和蛇頸清晰可辨，說不定影子比實體可怕多了。「你再污辱我的主人試試看。」

克勞德嚇得軟倒在地，抱著女朋友的腿，「警察！警察！救命啊～救命啊～」

一直沉默著的女朋友突然發怒，「你給我閉嘴！你這膽小鬼！我真是瞎了眼才跟你在一起！」她抬起腿，狠狠地將癱軟的他踢得遠遠的。

她仔細看著影子和英俊，走近了兩步。明峰一把將英俊塞到他身後，「妳想幹嘛？妳想對我家英俊幹嘛？」

那女孩流出眼淚。她好累好累。她厭倦了，疲勞了。一直都當別人的避風港，卻沒有人想張開雙臂迎接她、保護她。

連個妖怪少女都有人呵護……她在這段不堪的戀情中，除了不斷的失去，到底獲得什麼？

「……我羨慕妳。」那女孩哭著對英俊說，「我真的很羨慕妳。是不是要變成妖怪，才可以得到真正的愛情？」

不是這樣。英俊想跟她說，不是的。我也為了這段不堪的戀情流了好多眼淚，傷心到心要碎了。我也……

她靠在明峰的背上，卻覺得那樣的溫暖、充滿安全感。

不過我有主人。不管我受了什麼傷害，不管我多麼痛苦、煎熬，都有主人陪我哭、陪我傷心，將我保護在身後。

或許她比任何人類都幸福也說不定。

「妳只是沒有遇到那個人。」英俊哽咽的對她說，「那個會把妳護在身後的人。」

「……會有那個人嗎？」女孩蜿蜒著淚充滿困惑。

英俊用力的把臉埋在明峰背後，點了點頭。女孩抬頭看著天花板的燈光，沉默了好久。

「……啊，或許我該等待那個人吧。」她轉身要離去。

「等一下。」不知道為什麼，英俊對她有種說不出的好感。她拔下一根羽毛，幻化成手機，「妳……若是很傷心、很孤獨，想講話的時候，妳可以用這個手機找到我。」

她看著女孩的遲疑，聲音越來越小，「妳、妳若覺得害怕不想接，我也……」

那女孩接過手機，湧出晶瑩的眼淚。「妖怪怎麼比人類好心這麼多？這樣我對人類會失去信心的……」

她哭著走了出去，完全沒有理會克勞德恐懼又害怕的呼喚，「安～妳怎麼拋下我？我會被妖怪吃掉啊～安～」幾乎是用爬的，那男人半跌半走的出了戲院。

「我去教訓他！」明峰被英俊死死的抱住，怒火不知道該往哪發洩，「妳對情敵那麼好心幹嘛？妳管她哭不哭啊～」

「不是她的錯。」英俊含著眼淚，笑容卻是那麼美麗，「而且，我有主人，她沒有啊……我比她幸福很多喔。」

勇敢的拭去眼淚，「我們去看電影吧。」

一路上她都緊緊抱著明峰的胳臂，看電影的時候也不例外。她那小鳥依人，楚楚可憐的模樣，很像是他的親生妹妹……

或是他的女朋友。

明峰沉重的嘆口氣，真要命。沒交過女朋友，身邊卻都是女人，還是異族的好女人。他這是什麼命唷……

（麒麟當然不算）

不過，他也不覺得這樣有什麼不好。

不管是英俊還是蕙娘，哪怕是龍女，都有雙清澈而溫柔的眼睛。能夠保護她們，愛護她們，他覺得，這是身為男人的驕傲和榮幸。

為什麼其他男性人類不了解呢？他真是不明白。

但是，有了解的人出現時，他實在不知道為什麼會氣得火冒三丈。為什麼台中這麼小？為什麼相同的血脈會互相呼喚？

為什麼連看場電影，都可以遇到該死的表弟啊～～

他那傻瓜表弟，張大了嘴，對著英俊發愣，幾乎完全看不到身邊的明峰。英俊被看得發毛，往明峰背後一躲。

「小姐，妳不要怕，我不是壞人……」表弟明熠呆呆的看著她，「我只是想問妳的電話號碼……」

「……她是我的式神！」明峰忍無可忍的吼了起來。

「欸？果然氣質與眾不同……」明熠呆呆的回答。完蛋了，他完蛋了！剛剛看到表哥要打招呼，卻不小心看到那雙美麗的眼睛。他終於明白什麼叫做「一見鍾情」。原來這就是被電到的感覺……他像是讓高壓電襲擊啊～

「我是明峰的堂弟。」他伸出手，很想把她的模樣刻在腦海中，「我絕對沒有種族上的歧視，大家都是眾生嘛……可不可以給我妳的電話？」

英俊怯怯的從明峰背後探頭出來，又縮了回去。男人都是壞蛋。她受過一次傷就害怕了——就算是主人的堂弟也不會有什麼改變的。

她幾乎是賭氣的，讓自己的影子變化，又是那九頭妖鳥猙獰的模樣。

「看到了沒有？」明峰大聲的說，「她是我的式神，姑獲鳥！不要隨便煩我家英俊……」

他看了看映在昏暗走道的猙獰影子。稍微想了一下。「……反正人類的血統很複雜了，又不欠這一點。啊，我不是有什麼不軌的心，我只是想說，那一點都不重要……美醜看慣了就沒什麼嘛，妳叫英俊？好特別的名字啊！」

明峰真的忍無可忍了，他揪住明熠的前襟，「你能不能控制一下？我知道你沒有女朋友很悶，我也沒有啊！但是不要到這種地步，連我的式神你也要虧啊～」

「我不是虧她！」明熠掙扎著，「我剛考上研究所，會在台中留好幾年！喂，英俊，妳有沒有e-mail？妳有沒有msn？不給我電話沒關係，最少給我妳的e-mail，我不想從此失聯啊～喂！表哥，你不要把我拖走，我還沒要到e-mail啊～」

紅著臉的英俊，忍不住被逗笑了。

後來？

後來發現拳打腳踢都沒辦法打發明熠，被煩不過的明峰，給了他自己的msn。但這就永無寧日了。

幾乎每天明熠都會發滿熱情的訊息，也不管英俊看不看得到，也不管明峰會不會起雞皮疙瘩。

最後英俊還是給他msn，解救了她可憐的主人。這次她聰明多了，不但把自己本尊的照片寄給他，而且徹底拒絕約會，「我們當不同種族的好朋友吧。」她很堅持這點。

不過明熠照著姑獲鳥的模樣畫了個Q版的漫畫，拿來當msn的照片，讓英俊覺得又好笑又感動。

總之，她這次的「友情」繼續在msn上面蔓延。

本來事情到這裡應該是結束了，蕙娘也很欣慰不用拖地板了。不過，她發現麒麟鬼鬼祟祟的招了林四娘來，這讓她有點不安。

「有什麼事情不能叫我，要去叫林四娘呢？」她不大放心的問。

「沒有啊……」麒麟心虛的喝著冰點。她每次喝太多酒宿醉的時候，就會喝點酒精濃度比較低的調酒，說這樣可以解除宿醉。

當然大家都知道這是鬼扯。

「沒有？」蕙娘不大放心，「主子，我知道妳很護短。但有些時候護短不是這樣用的……」

「我沒有護短啊……」麒麟不大自然的死盯著膝蓋上的《聊齋誌異》，「妳知道的嘛，花心是一種精神疾病。我不忍心看他這麼痛苦，所以就……」

「克勞德？」蕙娘有些發暈。哎，可憐的傢伙，獵豔獵到妖怪少女就夠不幸了，讓麒麟攪局……你下半輩子大約只能當王老五了。「這樣做好嗎？我們不該干涉人間事欸……」

「妳不懂啦，」麒麟豎起食指，「導致花心也是一種『妖氣』。這種妖氣需要我的咒解圍啊，不然交那麼多女朋友還要想藉口，很累呢。」

「是是是，」蕙娘拿走麒麟的空酒瓶，遞上一杯濃茶，「我不懂的通通都是咒。」

「對啦，妳終於明白了。」她皺著眉喝下那杯濃茶。

這一次，蕙娘笑了起來，卻不想去反駁她。

六、宋家女兒的子孫

從路人的眼光來看，他們兩個一定很詭異。

最少明熠是有些難為情的。只是他那表情嚴肅的表妹可能是習慣了，依舊慎重的握著兩根折成九十度角的鐵絲，在車水馬龍的街頭走來走去。

「大概就是這裡了。」表妹明琦嘆了口氣，「但是我也找不到怎麼過去。不過，你找明峰堂哥幹嘛？他是很難找的欸……」

「我知道很難找。」總是會遇到他出來的時候吧？明熠沮喪極了，「但是我有事非找他不可……謝啦，改天我請妳吃飯。」

這是台中最大的十字路口，很氣派地有個廣大的像是公園般的安全島。他跟明琦告別，就在這兒等著明峰突然冒出來。

沒辦法，表哥生了他的氣，連msn都封鎖了他。如果知道表哥的手機就好了……問題是，他不知道。若不是逼到完全沒辦法，他也不想拜託明琦那個半吊子。

不過，她是唯一可以找到明峰堂哥的人。

找得到明峰，就找得到英俊。

明熠抱住腦袋，沮喪的垂下頭。他實在不應該、太不應該了。和英俊傳了那麼久的msn，英俊也給他看過照片，他以為自己做好了心理準備——但是英俊在他面前現出原形時，他居然跌倒在地。

他永遠也忘不了英俊受傷的眼神。那個羞怯柔弱的妖怪少女，含著淚水回望他一眼，然後飛走了。

我是笨蛋我是笨蛋～明熠在心裡吶喊著，為什麼我會被嚇到？明明我花了無數努力，才解除英俊的心防，好讓她出來見面的啊！一切都是那麼美好……直到臨別時，英俊不知道鼓起多大的勇氣，告訴他，「我真的是妖族，我是姑獲鳥。」

「我知道。」明熠貪看著她美麗的眼睛，覺得他是天底下最幸福的人了

「……你……沒看過我的原形。」英俊低頭了一會兒，「或許你無法接受。」

「我看過妳的影子呀！」

影子和原形是不一樣的。「……你真的可以接受嗎？」

「可以的，可以的！」明熠拚命點頭。

她的形體漸漸模糊，像是一團霧氣，重新組合、膨脹，在他面前顯露出九頭蛇頸莊嚴又猙獰的原身。

那瞬間，他該死的退後一步，重心不穩的跌倒了。一步錯步步錯。不管他再怎麼聲嘶力竭的大聲呼喚，也喚不回哭著飛走的英俊。

為什麼他這麼沒用？為什麼會嚇倒在地？為什麼他會這麼白痴啊～～

從那天以後，他送msn被英俊封鎖，寫e-mail被退信，跟堂哥解釋被痛罵一頓連解釋的機會也不給，就把他封殺了。

最少給我解釋的機會啊！明熠懊惱到要吐血了。想盡了一切辦法，最後只好去拜託表妹。這就是他為什麼會在這兒呆等的緣故。

第一天，沒有表哥的影子，當然也沒有英俊的芳蹤。

第二天，還是沒有。

第三天，依舊只有排放廢氣的車子呼嘯而過。

第四天，不但只有呼嘯而過的車陣，而且還下起雨來了。他無奈的撐開雨傘——出門的時候，他無意識的抓起雨傘，自己還覺得莫名其妙。

不過無數的經驗告訴他，每次他不知道為啥又在大晴天抓傘出門，那一天一定會下雨。他還真的不知道自己算不算是有天賦的人。

說有，但是他既看不清也聽不清，不努力的話，他幾乎什麼也看不見；說沒有，他又有點小靈感，偶爾會產生強烈的恐懼，使他避開一些危險。

這種天賦若強一點，外公可能會教他一點本領；若是弱一點，說不定可以當個完全的普通人。

但是這樣不上不下，實在很尷尬。

在以前還會羨慕超人的年紀時，其實他是很悶的。但是有次他充滿羨慕的看著外公帶著表哥去修煉時，長年住在東部的外伯公卻很親切的跟他招呼。

這個外伯公聽說比外公年紀大很多，是外公的哥哥，但是看起來不到五十歲，比外公年輕多了。這位長輩算是他們家族有名的高人，小孩看到他都有幾分敬畏，但是這位令人尊敬的長輩卻叫住了他。

「看起來，修煉很神氣對不對？」外伯公和藹的對他笑笑。

他手足無措，狼狽的點點頭。

「其實每條路都坎坷崎嶇。修煉這樣，平凡人的生活也這樣，沒有誰好誰不好，完全看老天爺安排罷了。」

「……沒有就算了，只給我一點點幹嘛？」他沒頭沒腦的冒出這樣的埋怨。

沒想到外伯公卻聽懂了。他輕笑一聲，「老天爺這麼安排，一定有他的道理。這世界上哪，不是只有看得到和看不到兩種人。你呢，剛好介在兩種之間。但這不也挺好？比起普通人，你的眼界比較寬，也比較能夠了解眾生和人類沒有什麼不同；比起有天賦的人，你又免去看得太清楚的負擔和苦惱。又不是白色和黑色才是好顏色。」

他慈祥的臉孔湧起溫和的笑，「灰色也是很棒的顏色啊。」

當時還小，聽不懂。長大以後反覆咀嚼，漸漸的有所體悟。其實混跡在人間的眾生很多很多，但是和人類一樣……不，說不定比人類的罪犯還少一點，像妖怪啦、鬼魔啦，也不太會真的拿人類進餐。生活在人間他們算是少數，也知道要盡量不引起注意。

太大的事故他管不了，太小的事故又不用管。他變成可以稍微看到眾生，卻對眾生沒有歧視的普通人。

說不定就因為這樣，所以他才會被英俊迷住吧？深具人性和眾生特質的英俊，變成他心頭溫柔的一根刺……

為什麼我會蠢到被嚇著？難道是他的心還不夠開放嗎？

他正想仰天長嘯時，發現身邊多了個女子，硬生生把吼叫咽了下去。

這種下雨天，那個美麗的女人卻沒有撐傘。雨水順著溼漉漉的長髮滑下，半蓋著臉，幾乎看不到眼睛。但是高挺小巧的鼻子，擦著豔麗唇膏的小嘴，和白皙的皮膚相映，像是畫報上走下來的美人兒。

這個美麗的女人似乎很愛穿紅。她穿了紅洋裝、紅皮靴，連雪白的脖子都掛著紅寶石項鍊。她撥了撥頭髮，纖長的手指留著保養得宜的指甲，搽著豔紅的蔻丹。

明熠這樣沒交過女朋友的大男生，其實是有點怕這種妖豔的女人。但是，這樣的下雨天，總不能看她淋的跟落湯雞一樣吧？而且她似乎沒有避雨的打算。

硬著頭皮把傘挪過去，美女對他投以極度厭惡的眼神，然後挪遠一點。

「不、不要誤會！」他狼狽的搖手，「只是雨很大，我並不是要跟妳搭訕……當然妳是很漂亮的，但是我有心上人了……」

美女轉過頭，完全不想理他。

「不然、不然妳去避雨好嗎？」他搔了搔頭，「妳全身都淋溼了欸……」美女狠毒的瞪他一眼，讓明熠更無奈了。啊勒，妳以為我在偷看妳淋溼的身段喔？他根本不敢仔細看。

只能怪他們家的教育太好了，從小就被教導要讓女人，愛護女人。

「喏，傘拿去。」他遞出傘，美女只是不耐煩的閃了一下。

又不能把傘塞在她手裡。怎麼辦呢？看她在雨中發抖又不忍心……「我把傘放地上，妳要拿起來啊！」

將傘一丟，他快步跑過斑馬線，站在騎樓下回望……雖然隔很遠，但那個美女遲疑了一下，還是把那把黑雨傘拿起來撐著。

太好了……他鬆了口氣，卻忍不住打了個噴嚏。奇怪，他有這麼虛嗎？淋了幾點雨就感冒？他向來是健康寶寶欸！

他招了計程車，火速回家洗澡，灌了一大瓶外公要他常喝的艾草水。不知道那個美女會不會感冒？但是他很快的就忘掉那個美女。

不知道明天，會不會遇到堂哥……或者是他的英俊啊……

*　*　*

堂堂邁入第五天。他出門時無意識的往放傘的地方撈了個空，知道今天又會下雨了。不過傘還在那位美女的手上……

他很無奈的走入便利商店，在店員狐疑的眼光下，買了一把傘。

那個店員是很有狐疑的資格，這樣萬里無雲的豔陽天，去買把黑雨傘是很詭異的事情。

垂頭喪氣的到了安全島枯等，不到一個鐘頭，烏雲密布，又開始下雨了。無聲的嘆息，他撐起雨傘。

正百無聊賴時，不知道幾時，那個妖豔的女人又站在他旁邊，還撐著他的雨傘。

這未免太巧了吧？

她轉動眼珠，面無表情的斜睇著他，「……你又來幹嘛？」

我才想問妳來幹嘛呢……心裡雖然嘀咕著，他還是老老實實的回答，「我來求我喜歡的女孩原諒我。」

美女發出冷笑，「硬把她的心扉撬開，好盡情的傷害她是嗎？男人為什麼就喜歡玩這種殘酷的把戲？」

「喂！我才不是這樣的！」明熠很憤慨，轉思一想，聲音又弱了下來，「……但是的確有些男生是很殘忍啦……不過那不會是我。」

「每個男人都說著同樣的謊言。」美女惡毒的目光令人不寒而慄。

這還真的難以反駁……明熠望著天上的雨絲，「……我相信，當男生追求女生的時候，一定是喜歡她很喜歡她……只是飛鳥就算愛上熱帶魚，也沒辦法跟她一起住在水族箱啊。」

「什麼？」美女困惑的望著他。

明熠搔搔頭，不知道怎麼表達，「……我有個學姊。」

學姊？美女眼中寫滿問號。為什麼突然從飛鳥和熱帶魚跳到學姊？

「她很溫柔，很漂亮。學校很多男生都喜歡她喔，她根本就是男生心目中最好的女朋友——個性脾氣都好，又文靜，嗜好是閱讀和編織，會煮飯燒菜，手藝還很不錯喔。因為很內向，所以下課都乖乖待在宿舍，不是看書就是編織，偶爾打打網路遊戲，跟誰都談得來，因為她幾乎什麼都懂。」

這樣溫柔漂亮又文靜的學姊，最後和優秀的學長在一起，大家都覺得是金童玉女。

「大家都覺得好配，但是我總覺得……學長是熱愛翱翔的飛鳥，而學姊是養在水族箱裡滿足的熱帶魚。為什麼這樣天南地北的人在一起，大家會說好呢？」

他幾乎看得到學長背後寬大的翅膀，和學姊身上好聞清新的海草味道。

果然，學長受不了學姊的溫柔和深情，跟她分手了。

「我也不知道那天為什麼會突然很想去女生宿舍。其實那次我真的很糗……硬闖進去被舍監大聲的罵，但是我覺得學姊好像在喊救命。等我踹開門我自己還莫名其妙，但是我看到滿地板的血……我真的不知道人類身體裡有那麼多的血欸！」

夏天午後的陣雨來得快也去得快，很快的，雨停了。明熠收起傘，卻發現那位美女不見了。

動作也太快了吧？他只是收個傘啊……左右張望，只見車水馬龍，卻不見那抹深紅的黯影。

我該不會遇到「那個」吧？他困惑的想了一下。不對，她有腳啊，沒有腳怎麼穿紅皮靴？而且，他也沒感到什麼奇怪的氣。

「這年頭的女人，短跑速度真的很驚人呢……」他自言自語著。

第六天，他又不自覺的去撈了新買的雨傘。要命，今天還下雨？為什麼等不到表哥呢？他不怕等，但是時間拖越久，英俊就越不願意原諒他。

心情就很壞了，還下什麼鬼雨？雨聲還沒落下，他已經早一步撐起傘。將來若找不到工作，他說不定可以去氣象局混碗飯吃。反正他研究所念的也和這個有關係。

英俊啊，我有養家活口的打算欸！我真的是認真的，就算妳是卵生，我也可以幫妳孵蛋。我是真的很愛妳呀……

正在欲哭無淚的當口，旁邊的人開口，讓他嚇得跳起來。

「……妳學姊呢？死了嗎？」又是那個面無表情的美女。

怎麼老是遇到她？仔細打量了她一下。唔，就是個有點奇怪的美女，沒啥。反正枯等很無聊，有個人談天也不錯。

「沒有死。雖然她大哭大叫，要我別管她，不過她還是救活了呢。」

嚇壞的明熠只記得他緊緊握住學姊不斷流血的手腕，差點昏倒的舍監趕緊去叫救護車。幸好是春假，宿舍裡沒有其他人，這件事情就這樣掩飾過去。

他沒有告訴任何人……但是遇到同樣有海草味道的同學，他不知道為什麼，管不住就告訴他了。

那個同寢的同學當完兵、工作了一年才考上大學，年紀可能比學姊還大。熱愛動漫畫的同學，同時也喜歡閱讀和game，尤其網路遊戲像是他的另一種生活。講時髦些，他這同學像是個清醒的宅男。很精於此，卻沒有沉迷。

「你告訴了其他人嗎？」向來沉默寡言的同學問了。

「沒有。」明熠也覺得煩惱，「我只告訴你。請你不要告訴別人……我也不知道為啥要告訴你。」

「對啊，為什麼？」交情普通的同學也困惑了。

「……你們身上有著相同的海草味道。」這真的是滿爛的理由，雖然是事實。

同學深深的看了他一眼。「我不會告訴任何人，不過，告訴我她在哪家醫院，我去看她。」

然後同學抓了一枝白玫瑰去探望學姊。坦白講，抓著白花去探望病人真的很沒常識；但是意外的，學姊沒把花扔出來，同學天天都去探望她。

同學只跟他講，他們剛好玩著相同的網路遊戲，在遊戲裡是互相認識的，雖然不熟。

但是這個「意外」卻讓他們熟起來，甚至熟過頭。

平常也沒看他們在約會，就算出去也是跟同學們一起出門。但是這兩個不像在交往的人，等學姊一畢業就結婚了。

同學們忙著撿滿地的眼鏡碎片，只有明熠覺得很自然。

「……婚姻是愛情的墳墓喔。」美女冷冷的一笑。

「是不是墳墓我不知道啦，」明熠燦爛的笑著，「不過我去過他們家，感覺不像墳墓啊……」

這對學生夫妻住在同學存錢買下的小公寓，空蕩蕩的，除了電腦和書，連床都沒有。大四課業鬆，同學很勤奮的接網站設計的案子，學姊在漫畫社接了日文翻譯回家做。這對宅男宅女，一起對著電腦，幾乎很少交談。

他們睡在沒有床架的床墊上，過著簡單樸素的生活。

但是他們的表情，卻是非常華麗的幸福。

「他們家……他們家比較像是水族箱……」明熠覺得語言真的很難形容，「舒適又快樂的水族箱。」

有的人需要一整片的天空才夠翱翔，但也有人只需要一個小小的玻璃缸。

「男生只會追求，但是他們不知道自己是飛鳥還是熱帶魚啊……女生大約也不知道自己到底是什麼吧……」

「……沒有死比較好嗎？」美女把傘收起來，臉上潸然的不知道是雨水還是淚。她拿走明熠的傘，美麗的眼睛直直的望著他，「活著，就可能遇到我的熱帶魚？」

「當然啦。」明熠吃了一驚，「活著就還有希望啊！雖然可能要等很久很久，但是活著就會有希望啊！死掉就什麼都沒有了。」

美女的眼神變得迷惘而痛苦，她搽滿豔紅蔻丹的手輕輕撫摸著明熠的臉龐，「為什麼？為什麼你現在才出現？為什麼……」

應該是飛來豔福，但是明熠卻覺得是飛來橫禍。這……這算啥？萬一被英俊撞見了，那真的是跳到黃河也……

「呱～不要碰他！」尖銳粗啞的憤怒從模糊的雨霧傳出來，「不要碰我男人！」

「英俊，我可以解釋！」明熠擋在美女前面，「我可以對天發誓，我跟她一點關係也沒有～我甚至不知道她的名字……」

「讓開！」猙獰的九頭鳥在雨霧中忽隱忽現，更增加幾分恐怖的氣息。

「我叫做麗音。」美女輕輕撫著明熠的背。

「哈哈哈～我怕癢～」明熠扭了扭，「麗音小姐，請妳不要做出這種令人誤會的……」他話還沒說完，疾飛的黑色羽毛像是暗器一樣射向麗音！

「哇靠！別殺人啊～英俊～」他慘叫著撲上去，結果麗音在他眼前變成一陣豔紅狂風消失了。

……喂！妳不要告訴我妳是「那個」！妳明明有腳不是嗎?!

猙獰的鳥首伸了過來，氣急敗壞的罵了一聲，「笨蛋！」

可怕是滿可怕的啦，尤其是這樣的大特寫……但是眼睛中的焦急和關心，是掩藏不住的。如果我覺得她九個腦袋很可怕，說不定她覺得我一個腦袋才是怪物吧？

人家都不嫌棄了，他是嫌棄什麼？

他一把抱住英俊的蛇頸，意外的感覺這樣光滑細緻。其實觸感還不錯。「對不起啦～親愛的，嗚嗚嗚……我不是故意跌倒的啦～我只是一下不習慣……」

「放開我啦！」英俊開始含淚，「我吃了你喔！放開我！」

「對不起啦～嗚嗚嗚……親愛的，我真的很想妳啊！不要不理我啦……」

「放開我啦！吃掉你吃掉你！」說要吃掉人的凶惡妖鳥卻毫不害羞的哇哇大哭，淚水比雨水更洶湧。

聲音之大，遠在三條巷子堵「人」的麒麟和明峰都聽得到。

「到底有沒有問題啊？」明峰偷偷探頭出來看，「幹嘛啊，又不是誰死了，兩個笨蛋只會哭……愛哭鬼！」

「你也很愛哭。」被硬拖出來的麒麟悶悶的說。

「我、我哪有！」明峰漲紅了臉握緊拳。

除了她跟蕙娘，這屋子裡誰不愛哭？下雨天還要出來當免費的差——最該哭的應該是她吧？

蕙娘剛出爐的乳酪餅會涼掉啊！

「這位紅衣服的小姐，妳在我這陽冥通道晃很久了，妳要不要跟我橋一下這樣騷擾的事情怎麼處理？」

「……請妳教我怎麼殺人。」麗音瞇細了眼睛，「我照傳說成為厲鬼了！但是我卻碰不到人類……」她看也不看，把專吃鬼靈的妖異啪搭一聲，壓碎在牆上，「我可以誅殺任何來找麻煩的傢伙，但是為什麼不能殺人？禁咒師！妳一定有辦法對不對？」

麒麟抱著胳臂端詳她，真是最麻煩的典型啊……人類的血緣很複雜，更麻煩的是，有人死後才「覺醒」。失去了理性的控制，這種人魂覺醒往往成為有大能的厲鬼，假以時日，就會成為最棘手的妖異。

不過現在大約不用擔心這個。

「其實厲鬼要殺人只要夠恨就行了，尤其是妳這樣能力卓越的厲鬼……」麒麟懶懶的說。

「我當然恨他！我恨……」她激動的說著，聲音卻越來越小。原本在胸腔熊熊燃燒的恨意，不知道為什麼，只剩下一點點有氣無力的灰燼。

望著呆立的她，麒麟打了個呵欠。「妳聽了兩天的往生咒，也該夠了吧？」坦白講，宋家子孫的天賦這麼強，根本用不著她出馬。

又不是姓宋才是宋家子孫。宋家女兒的子孫也是很厲害的。

「什麼往生咒？」麗音迷惘了。

「妳不會以為往生咒只有一種格式吧？感人的故事也是一種咒喔。」麒麟掏掏耳朵，「既然妳的恨已經不多了，當厲鬼又沒前途。妳若需要介紹信，我幫妳寫一封，去投靠舒祈吧。等妳不再恨了，看妳是要投胎還是要留在舒祈那都好，最少有個歸處……」

「……我自己可以保護自己。」她茫然的望著雨。身上的紅衣像是被雨沖褪了色，不再是豔紅了。失去了大部分的恨意，也失去了自己的人生。她突然不知道該去哪裡。

我不該自殺的。說不定我會找到跟我氣味相同的熱帶魚。現在一切都來不及了……

但是她也不需要任何人的憐憫。

「欸……等一下。」明峰叫住她。他的能力比明熠強太多了，也看得比明熠清楚。他不忍的拂開麗音額頭上的頭髮，露出已經不再出血，卻筆直宛如豎眼的傷痕，露出一點點白白的腦漿。

很可怕，但也很可憐。

麗音本來想躲開，不知道為什麼，只是呆呆的望著明峰的眼睛。

明峰掏出小藍花的OK繃，「我想，還是會痛吧？貼上去會比較容易好……」重要的是，女孩子都愛美，這麼深又這麼可怕的傷口，她當厲鬼的時候恐怕還很長，照鏡子一定會很傷心的。

明明是這麼漂亮的女孩，把自己的臉弄出這麼大的傷。

被貼上OK繃的瞬間——一股清涼沁入心扉，最後一點恨意也消失了。乾涸已久的眼睛，終於湧出了淚。

「……我太急了，對不對？」她的聲音輕的像是耳語，「本來我可以等待我的熱帶魚的，本來我有機會等到的。」流出懊悔的眼淚，「本來我可以……我可不可以再試一次？」

她的身影漸漸模糊，像是消融在大氣中。

明峰瞪大眼睛，有點摸不著頭緒。「她……？」

「投胎了。」麒麟雙手合十，「真不簡單，公認最難超度的自殺厲鬼居然讓你一張『符』打發了。」

「符？」他摸不著頭緒，「什麼符？我只是貼了張OK繃啊～」

徒兒，你的身體真的比你的腦袋聰明多了。她扶了扶額頭，「……等你長大就明白了。」

「我成年很久了！還要長到哪去？」明峰越來越覺得難以了解，「還有，我偷看了好幾天，也沒看到明熠念了什麼往生咒……他連遇到的是熊是虎都不知道哩！」

「原來是家族遺傳！」麒麟恍然大悟，「身體聰明腦袋笨！我懂了……」

「妳是在侮辱我們嗎？」明峰覺得越來越玄了，「但是聽不懂要從何生氣起？喂！妳喝掉了我珍藏的泉州酒，到底要說個明白啊！」

麒麟深深的頭痛起來了。

七、過往

今天一起床，他就覺得有種不對勁的感覺。

大清早的，明熠就跑來家裡獻慇懃，他實在越來越難忍受了……

「誰准你沒事就跑來？」他打開窗戶指著在掃院子的明熠嚷著，「難道你沒有其他事情可以做嗎?!研究生的日子這麼好混?!」

「表哥，早啊。」他開朗的打招呼，「等我掃好院子再去meeting就好了呀。」

「不要隨便跨過陽冥通道！」明峰真的要氣炸了，「我說你啊，正常人不要隨便跑來，你在搞什麼啊？」

「我並沒有覺得任何不舒服啊。」他笑得如此陽光燦爛，「機車騎一騎就到了，也沒很遠嘛……」

這個好像不是重點啊，先生……「難道你不覺得這條『路』的景觀有什麼不同嗎？」

「我騎車一向很專心的。」明熠覺得表哥很大驚小怪，「有什麼不同？」

他無力的趴在窗檽上。某種意義上來說，神經大條也是某種異樣的強悍。而且要大條到這種地步更不簡單。

難道你沒發現有百鬼夜行的熱鬧景象？

「不要再來了！快給我滾～」明峰暴躁的趕人了。

最後這傢伙還是等英俊沉著臉塞了個便當給他，他才心花怒放的去上課。

不，這只是小規模的騷動，和他那種強烈的違和感沒有直接的關係。他百思不解的下樓，今天他起床起晚了，英俊把他的早餐端出來，滿臉笑咪咪，和面對明熠的時候不一樣。

（她還在跟明熠嘔氣）

早餐很可口，英俊很溫柔，蕙娘正在津津有味的看著食譜，好像沒什麼不對……

麒麟到哪去了？

這個時間，她不該抱著酒瓶，癱在客廳看卡通或看書嗎？偷開她的臥室，沒看到人。在院子裡轉轉，也沒有蹤影。

是不是在偷他藏起來的酒？

酒窖、書房、米缸、天花板……

「你在幹嘛？」蕙娘忍不住開口了，把梯子扛來廚房，掀開天花板拿個手電筒亂照……任誰看了都會覺得有點奇怪吧？「你在找什麼呀？」

「麒麟。」他悶悶的聲音從天花板傳來，「我以為她鑽到這裡來偷酒……」

……難怪麒麟會說，這是她收過最笨腦袋的徒弟。

「你用感覺的就好，麒麟怎麼會在家？存在感那麼強的人……不用看也知道她不在啊。」

「怎麼可能呢？」明峰咕噥著從梯子上爬下來，「她不是只是種在家裡沙發上的人形馬鈴薯嗎？怎麼可能會自己出門呢……？」

這種批評還真的不是普通的嚴苛啊。「今天是她的生日。她總有權利好好憂鬱一下吧？週期性的，不用擔心……」

「憂鬱？哈！」明峰很沒禮貌的大笑，「她會憂鬱？哈哈哈哈～」

蕙娘微笑著睇了他一眼，「……哼。」

「蕙娘，妳幹嘛冷笑？」明峰有點不開心，「妳看那個無往不利的爛酒鬼……幾乎沒有她辦不到的事情啊！過得那麼隨心所欲還有什麼好憂鬱的？」

「她也不是生下來就那麼行的。」蕙娘把食譜收起來，「你知道麒麟和我們有什麼不同嗎？」

「……她是禁咒師，是真人。」明峰聳聳肩，「除此之外，有什麼不同？」

「她的記憶力絕佳，不會忘記。」

這不是很好？考試一定過五關斬六將。「這有什麼不好？」

「呵。如果你從出生到現在的一切都記得清清楚楚，不管快樂還是悲哀都記得……你會不會憂鬱呢？」

蕙娘的問題讓他不知道怎麼回答。

一切的一切嗎？包括母親過世的那種狂悲？所有的恐懼和痛苦？

「不用擔心啦。」蕙娘站起來，「等她的憂鬱過去了，就會回家了。」蕙娘湧起感傷的笑，「等她回來，就會跟以前一樣了……」

麒麟不在家最好了，不是嗎？他不用跟麒麟吵架，也不用累得半死去買菜買酒，也不用管她是不是飲酒過度……

他終於有自己的時間啦！總算有時間好好的看看書，研究一下蕙娘修好的《山海圖》，或整理整理堆積如山的筆記，歸檔一下最近發生的幾個事件。不然天氣這麼好，他說不定可以去喝杯咖啡，看場電影什麼的，讓自己開心一下。

不過，他發現自己什麼事情都不能做。

麒麟不在的家裡，顯得這麼空曠冷清。明明她只是癱在那兒喝酒看卡通，不然就是呼呼大睡。

但他就是什麼事情都做不了。

「呃……蕙娘，麒麟什麼時候會回來啊？」他走進客廳，蕙娘和英俊正在看一本厚厚的相簿。「妳們在看什麼？」明峰伸長脖子。

一張絕美的臉孔闖進了他的視線。那是一張黑白照片。但是這個極小的少女像是活生生的，透過暈黃的照片與他相望。

她的黑髮像是瀑布一樣披散在肩膀上，穿著英式淑女騎馬裝，騎在一匹駿馬上面。

「這是……麒麟？」明峰大吃一驚，「為什麼是黑白照片？」

「因為那個年代只有黑白照片啊。」蕙娘覺得他問得很奇怪，「那時的攝影師還得把頭鑽到黑布後面，然後點一種奇怪的粉，砰的一聲像是閃電，照過相眼睛會白花花的一片……」

明峰覺得有點發暈，「妳在開玩笑吧？那是民國前才有這種原始的照相法……」

「欸？」蕙娘訝異了，「難道你不知道，今天是麒麟一百零一歲的生日嗎？」

咚的一聲，明峰暈倒了。

……我說，你當麒麟這麼久的弟子了，這點小小的驚嚇都熬不住？驚慌的英俊忙著拿冰袋搧風，蕙娘無奈的將她推開，「明峰，別裝死了。你知道我也八百多歲了，怎麼不見你暈倒呢？」

明峰暈悠悠的醒來，「那怎麼一樣？妳是殭尸出身的式神……」麒麟再怎麼奇怪，好歹也是人類吧？

一個活生生的人類，活到一百零一歲還像十幾歲的少女，基本上就是一件很恐怖的事情啊!!

蕙娘無言的看著他，「我把照片收起來？」

「不不不，」明峰趕緊跳起來，「我要看！我想看！」

「我怕你看了又暈倒了。」蕙娘悶悶的看著這個脆弱的人類。

不過說真話，麒麟從小就是美人胚子，但是明峰越看越驚恐，為什麼背景不是宛如足球場大小的華麗庭園，就是垂著昂貴水晶燈、電影布景式的大廳？

「……她拍照都在固定地點出外景？」明峰咽了口口水。

「這是她家啊。」蕙娘很平常的說，「雖然只是中小型的城堡，不過也有五十幾個房間，麒麟常常抱怨她的年收入大半都讓這個大而無當的城堡維修費吃掉了。」

「……倫敦嗎？」明峰的頭髮都快豎起來了。

「當然不是啊。」蕙娘翻著照片，「在約克郡。」

他瞪著蕙娘，看看手上的照片，暈眩的感覺又湧上來了。妳不是想告訴我，麒麟事實上是旅居英國，坐擁城堡和馬廄的富家千金吧？

「雖然排不上全世界十大首富，五百大大概排得進去吧？」

妳真的不是在開玩笑嗎……？明峰無力的趴在桌子上。光陰真是殘酷，將照片那個冷靜矜持、看起來很有教養的小淑女，變成癱在沙發上醉得呼呼大睡的爛酒鬼。

這會不會太無情太殘酷太無理取鬧啊？

「這張是她十八歲時的照片。」她抽出一張，帶著深刻的感情，「看容貌，和她現在幾乎沒有兩樣……」

是，除了穿著和打扮以外，外貌上和現在的麒麟幾乎沒有什麼兩樣，但是握著照片，明峰卻有種難以言喻的感覺。

有種東西……不一樣。照片裡的少女麒麟，像是洋溢著澎湃的力量，連影像都拘不住，橫亙遙遠的歲月，訴說著她的自信和才華。

若是照片裡的少女麒麟是初昇的旭日，現在的麒麟……衰弱頹廢的像是紅光映霞，卻緩緩往海面降落的夕陽。

蕙娘仔細觀察著明峰的表情，「有什麼不對嗎？」

「麒麟……的靈力到底怎麼了？」他覺得很不可思議。

果然是聰明身體笨腦袋。有這麼強的洞悉力，腦袋卻像是灌了水泥。蕙娘沒有正面回答他的問題，「這時候的麒麟的確是靈力最強的巔峰，但是還不太會掌握，經驗也欠缺。」

那時候的麒麟，還是個嚴肅、認真的少女。她的心還很軟，血還很熱。出於一時的憐憫收了蕙娘當式神，卻從來不讓蕙娘跟她出任務。

她讓蕙娘在城堡裡過著養尊處優的生活，要家裡的管家以小姐的待遇照顧她。而甄家真正的大小姐，卻已經開始接受紅十字會的委託，到處解決各種疑難雜症。

麒麟誕生在這個城堡裡，父母親都是修行有成的修仙者。在羽化之前，麒麟是他們最後的一個「意外」，他們也將數百年來的財富都遺留給她，在麒麟十四歲生日時就不告而別。

這大約是年少的麒麟，第一個生日的憂鬱。

她會隨著父執輩到中國去，就是為了探訪父母親的消息，一無所獲，只帶回來她生平第一個式神。

麒麟是否思念父母？是否在夜裡軟弱哭泣？事實上，沒有人知道。這位小小年紀就成為繼承人的少女，井井有條的治理龐大的家業，並且接下父母之前的委託——成為紅十字會的第一把交椅。

只不過她的靈力雖然強大，天賦雖然高深，畢竟仍是個很小的女孩子。缺乏控制和沒有經驗的她，往往會有失敗的紀錄。

好強的麒麟，從來不去說這些。蕙娘默默的看著她，總覺得……老是昂著頭的她，用另一種方式哭泣。

她會保留一些零碎的小東西：一個釦子、一綹頭髮，或是很平凡的蝴蝶結。別人不知道，但是蕙娘知道——那是她來不及拯救的被害者遺物。她常常在夜裡用不同的經文喃喃祈禱，為這些罹難者祈求冥福。

這種懊悔和內疚漸漸沉積，讓她每年的生日都越來越憂鬱，終於在她死而復生的那年生日正式爆發了。她第一次，沒有告訴任何人就離家出走了好幾個月。

紅十字會亂成一團，他們依賴麒麟已深，突然失去這個戰力抵得上一支軍隊的禁咒師特別恐慌。

蕙娘反而是最鎮靜的那一個。她每天照樣過著安靜的日子，做做飯，打掃自己的房間和麒麟的房間，散步，冥思。

然後等麒麟回來的那天，伸出雙手，「主人，妳回來了？」

不管麒麟的樣子看起來多麼糟糕。她曬得極黑，全身上下都是傷痕，衣服破破爛爛。死而復生的她，靈力尚未恢復，她不知道去了什麼地方，過了怎樣的日子。

不過她的笑容很輕鬆，「嗨，我回來了。」她倒在蕙娘的懷裡，開始呼呼大睡，身上帶著微微的酒氣。

等她洗好澡吃飽飯了，轉著她從來不喝的酒，說，「蕙娘，我得拜託妳照顧我了，我不能帶他們去。」她揮揮手，「我沒辦法把管家女佣和司機都帶走。但是這裡……缺乏我可以生存的『氣』。」

乾淨涼爽的約克郡，父母刻意選定這個一點靈力也沒有的地方修煉。原本她也可以——在她還沒接受死亡洗禮之前。

但是她死過了。死過之後，她已經沒辦法在毫無靈力的地方生存。

「我終生都得倚靠妳……因為我沒有獨自生活的能力。」她趴在蕙娘芳香的懷裡，

「如果妳不喜歡，妳可以留在這裡。」

「我很喜歡的，主子。」蕙娘溫柔的回答，「我已經發誓當妳的式神了。」

「……我們去列姑射島好不好？」麒麟模糊的笑著，「現在不叫這個名字了，空氣

很髒，又小又吵，但是還有一些古老的力量留在那邊……那也是俊英的家鄉。」

「嗯，我們去吧，主子。」她的眼淚沿著臉頰滑下。當時蕙娘已經跟俊英分手。但是比起半殘的戀夢，她對麒麟的衰弱更為痛苦。

她們悄悄收拾了行李，離開下著雨的約克郡，來到更多雨的島國。麒麟變得懶散不在乎，而她因為死亡失去了大部分的靈力，卻也因為死亡的頓悟，使她的咒更柔軟、更沒有形式。

得到封號數十年，麒麟真正成了「禁咒師」。

但是她從此也跟酒形影不離。

*　*　*

「她培養了很多弟子。」蕙娘笑笑，「但你可能是最特別的那一個。」

「啊？呃……沒啊，我覺得我很普通……」明峰狼狽起來。

「這麼透澈的洞悉力和決斷力……」蕙娘嘆口氣，「這麼不知變通的頑固。」

呆呆聽到現在的英俊插嘴，「蕙娘，妳是不是在說，聰明身體笨腦袋？」

蕙娘讚許的點點頭，明峰倒是賞了她一個大白眼。

「我回來啦！」麒麟興高采烈的踹開門，「來幫我扛，好重啊～」

……她起碼扛了三大袋的酒回來。

「這是什麼？」明峰的青筋冒出來了，「妳跑去哪?!哪來這些沒有標籤的酒？妳知不知道我們有多擔心？說也不說就跑出去，妳知不知道現在是什麼年頭？壞人多如狗，妳還一個人亂跑！好歹妳也說一聲，妳……」

「主子！」蕙娘也頭痛了，「這是剛榨出來的新酒吧？妳又跑去埔里酒廠偷人家還沒貼標籤的新酒……」

麒麟堵住耳朵，抗辯著，「我可是有留下鈔票……就突然好想喝新酒，但是明峰不肯去幫我偷嘛！」

「甄麒麟！」

「主子！」

就算堵著耳朵，麒麟還是被念了大半個鐘頭。不知道是不是被念煩了會特別餓，她將滿桌的六菜兩湯吃了個精光。飯後很幸福的抱著偷來的新酒，喝了個酩酊大醉。

看著蕙娘將她抱回房間睡覺，明峰一反常態的沒有念，憐憫的看著她蒼白而脆弱的睡顏。

活了這麼長久的時光，什麼都記得……這會不會是種殘忍？

坦白講，他沒有答案。

為難的看著偷偷摸來的照片，他有些頭痛，不知道怎麼還回去。他也只是想要看仔細點而已。

看看那個眼睛底還有不屈火焰的少女。

不知道為什麼，這樣美麗的月夜，他卻分外的感傷。

八、降霜

自從麒麟放假以來，明峰本來應該過著輕鬆自在的日子才對。事實上，他卻過得非常辛苦、非常累，每天都有做不完的事情。

不忍心讓蕙娘和英俊太操勞，他每天扛起買菜的責任。你知道麒麟的胃像是黑洞，他每天光買酒買菜就快累死了。買菜回來，他要幫忙作家事，負責把麒麟接的零碎小案子歸檔。

而且他還在附近的大學選修功課，每天忙得不可開交。

這麼忙的時候，還得讓麒麟差遣去應付一些小魔小怪，說真話，他很氣悶。

「……那種路祭用不著我去吧？」他爭辯著，「那又不是多凶惡的妖魔鬼怪，不過是些冤死的人魂，隨便哪個道士都能超度啊！」

「我知道。」麒麟抱著上好的葡萄酒，「但是謝禮我已經喝了。」

……妳……妳若自己懶得去，別先把謝禮喝掉好嗎？

很想對她發怒，但是她已經開始打鼾了。跟到這種師父到底能有什麼前途……而且他早該知道，麒麟口中的「普通」路祭一定有很大的問題。

等他看到那個古老又憤怒的蛇靈時，真的很想乾脆昏倒算了。妖魔鬼怪他可以不怕，但是這種古老的自然精靈他能怎麼辦？說服又說服不了，他又不像已經出師的師兄師姐可以很「豪邁」的「說服」。

「甄麒麟，妳這混帳～」他拔足狂奔，「為什麼不早點跟我講?!我沒帶這類的法器啊～」

憤怒的蛇靈雖然有小山般大，卻靈活迅速的和祂的子孫沒什麼兩樣，排山倒海的衝過來準備吃掉這個不懂得尊重，錯把祂當成卑賤人魂祭祀的笨蛋。

哇靠！現在是怎麼辦啊？

「黑色火焰沸騰起來的陽炎啊！」他情急之下，衝口而出，「請變成天蛇從天飛舞而降。現身吧！騰蛇！我那名為龍的女郎！」

虛幻凝聚成形，遙遠沉眠的龍女聽到他的召喚，雖然因為全力進入孵育階段，沒辦法用本尊出現，她也用莊嚴的分身擋在蛇靈面前，巨大的蛇靈居然匍匐於地，向這位最後的伏羲後裔表達最深的敬意。

龍女對祂發出幾聲嘶鳴，蛇靈居然乖乖的且點頭且退，回到地底深處，不再因為人類的攪擾而發怒。

驅走了蛇靈，龍女溫柔的用蛇身盤在明峰身上，不斷地用臉磨蹭明峰的臉，顯得非常高興。明峰苦笑著，他搞不懂自己幹嘛大費周章的把龍女叫來，叫英俊不是比較快？什麼叫做請神容易送神難……這真的麻煩了。

他使勁把龍女推遠點，「我也很高興看到妳，但是我快不能呼吸了……」哎唷，別用這種受傷的眼神看著我，好像我在欺負小動物……

事實上，他真的要沒氣了啦！

好說歹說才讓龍女鬆開，他又費了很多唇舌跟她解釋，不要為了他這個凡人誤了姻緣。

「明峰君嫌棄我？」她美麗的金色眸子充滿了淚水。

「沒有這種事情啦！」他最怕這種無辜又楚楚可憐的眼神，「我當然也是喜歡妳呀……但是妳知道妳是高貴的神族，我也收了英俊當我的式神……」

「我知道，她先來的嘛。」龍女很大方，「我允許她服侍你，但是她敢有什麼妄想……」美麗的眼睛射出恐怖的光芒，「我絕對……」

「她有男朋友了！」明峰趕緊聲明。

這不是重點這不是重點啊！但是他還是讓龍女親了滿臉口水，卻沒辦法說出拒絕定親的話。

等龍女走了，他無力的跪在地上，手撐著大地，呈現完全Orz狀態。說來說去……都是麒麟這混帳不好！說什麼很想吃英俊做的甜點，死都不讓英俊陪他來！為什麼不告訴他，需要安撫的不是孤魂野鬼而是古老蛇靈？

古老的自然精靈最講究禮法了，這種錯誤的祭祀只會讓祂更火大……別說妳不知道啊！爛酒鬼禁咒師！

他滿懷憤怒的衝回家，四處找不到他那個不像樣的老師，最後衝進書房——他快氣暈了。

出門時他明明整理過的……不知道麒麟到底在找什麼，翻得像是颱風過境，然後她趴在書堆上，津津有味的看著漫畫《屍體宅配便》，在書堆上喝酒就算了，她居然把蔥油餅的盤子擱在《脂本紅樓夢》上面！。

「妳這個……妳這個……」他一把端走蔥油餅，氣得連話都說不清楚，「妳妳妳……」

「欸，那是我的蔥油餅！」麒麟跳起來跟他搶，「想吃就說嘛！蕙娘有煎你的份啊，這是我的！」

我不是要跟妳搶蔥油餅啊！他正想分辯，突然覺得一陣地鳴。

地震嗎？

他抬頭，天花板的吊燈連動都沒動，但是麒麟卻晃了幾晃，抓住了明峰還是跌倒在地。

「妳……」他臉紅的抓住牛仔褲，「不要抓我褲子！快放手！妳是不是喝醉了呀？」

麒麟鬆了手，疑惑的望著明峰。「你怎麼沒跌倒？這麼大的地震……」

「有很大嗎？」明峰沒好氣，「告訴過妳別喝太多！之前再大的地震妳都不動如山，這種一點感覺也沒有的小地震妳居然跌倒在地！可見是酗酒過度！妳啊……」

「是啊……」麒麟漫應著，躺在書堆上沉思，「為什麼我會跌倒呢？」她陷入沉思，完全沒有聽到明峰的碎碎念。

本來明峰很快就會忘記這種小事，但是明琦扶著手腕骨折的明熠到家裡來，那就讓他忘不掉了。

「……喂！誰准你們有事沒事就跑來？」他看著明熠吊在脖子上的夾板，「你這是怎麼搞的？」而且明琦走路還一拐一拐的……幹嘛？車禍嗎？

這兩個惹禍精互相望了一眼，「昨天奇怪的地震，讓我們雙雙掛彩了，但是別人都沒有感覺……」

他和麒麟都訝異了起來。

麒麟問了一下，蕙娘和英俊知道有地震，但是沒有感應。明峰也沒有感應，但是麒麟摔了一跤。宋家同系的明琦和明熠的感應就大了——不過明琦是從樓梯滑跌下來，明熠卻是好端端的在人行道走，結果翻了好幾個跟斗，硬栽到快車道去。

只撞斷了手腕，實在運氣太好了。

「這樣叫做運氣太好，那怎樣才叫做運氣不好？」明峰沒好氣。

「命還在就是運氣好了。」她仔細打量明熠，不禁愁容滿面。她有種不祥的預感……很不想去問明熠祖宗八代的族譜。

她說過，甄家很受奇怪種族的喜愛，看起來宋家女兒也很容易受異族吸引。她瞄了幾眼明琦，心裡悄悄的更正。

應該說，宋家子孫不分男女，都受到眾生非常的「愛護」。

這、實在不是什麼好事。

「唔，你們留下來吃蔥油餅好了。」麒麟心不在焉的揮揮手，「因為我想吃，所以今天午飯只有蔥油餅，想吃其他什麼叫明峰做好了……不過冰箱好像沒菜了。」她頭也不回的把自己關在臥室裡。

這一天，麒麟所有弟子的筆電或是手機同時炸了起來。

驚慌失措的弟子們在世界各地接起手機或打開炸得飛起來的筆電，麒麟的四周凌空飛舞著幾個弟子的影像。

「……師尊，有什麼事情叫弟子去就是了，」俊英抱怨了，「妳這一炸把我的小曾孫女嚇哭了。」

「有什麼事情快說吧！」莉莉絲正在跟一頭短吻鱷魚外貌的自然精靈角力，「麒麟哪，我現在很忙……」

「我不忙我不忙！」阿旭拉著褲子半裸著奔到筆電前，「我一點都不忙，親愛的……」一陣殺豬似的大叫，他的背後一閃，帶著含糊的嬌罵，「你不忙？靠……那我脫光在這裡幹嘛？你還不給我死回來！」

莉莉絲和俊英學長從光影中斜瞪他們這個風流成性的學弟。俊英嘆口氣，「別理他，師尊。他最近改性，愛上貓科動物了。」

「不算改性吧？」麒麟瞥了一眼，「我記得他在歐洲把到一個加爾各答的豹女。」

「是啊，」莉莉絲使了個喉輪落，將短吻鱷魚摔在地上壓制，「之前也在印度邂逅了梅杜莎。」

「這次在德國愛上了中國的山鬼嗎？」麒麟傷腦筋，「是我的教育方法有錯？」

「不，是他的本質。」俊英插嘴，「淫亂的本質是很難用教育扭轉的。」

他們每說一句，阿旭就發出一聲慘叫，「行了行了行了！學姊學長親愛的，你們是要謀殺我嗎?!」他轉身小心翼翼地哄，露出慘不忍睹斑斑爪痕的背，「我的美人兒，當然妳是最重要的……妳等等、等等嘛！我家老師有事找我……他們是開玩笑的啦，哈哈……我世界上只愛妳一個，真的！乖喔，妳先洗洗手上的血，我馬上過來，馬上過來……」

他轉頭面對螢幕怒吼，「你們是不是真的要殺我呀？」

他的老師和學姊學長同時睇了他一眼，眼神明明白白的說了「早死早超生。」讓他感到很氣餒。

「既然大家都在忙，」麒麟非常強調「忙」這個字，「我就長話短說吧。最近發生了一個很小的地震……但是感應的程度似乎以神族血緣為準，或許是我過敏……」

「師尊，應該不是妳過敏。」俊英抱著睡著的小曾孫女，「我家的地基主有稀薄的神族血統，她也摔了一下，撞破額頭了。」

「我這裡沒有。」阿旭忘記疼痛的背，「親愛的，你們那兒還有什麼異狀？」

「我在長江這邊，也沒感到什麼。」莉莉絲坐在短吻鱷魚身上，抱著胳臂，「最近很平靜啊。」

結果她坐在身下的短吻鱷魚冷笑一聲。

「死鱷魚，你笑什麼？還是你知道什麼？」莉莉絲問著。

「我是豬婆龍！」豬婆龍大怒，「妳這是拜託人的態度嗎？」他馬上挨了一記後肘攻擊，眼前金星亂冒。

莉莉絲很不客氣的扼著他脖子，「你到底要不要退大水？老娘跟你耗了一天一夜，我管你是豬是魚！你要不給我乖乖回答，我就扒了你的背皮做皮包，剝了你的腹皮做大鼓！你信不信我幹得出來？」

豬婆龍嚇得涕淚縱橫，尾巴都捲了起來。他相信，完全相信這婆娘幹得出來。幹嘛呀，他也只是鬧鬧小性子……以前麒麟還知道按照古禮祭拜他，好言好語的勸他收水。為什麼今年換這個惡婆娘來？

「麒麟！妳叫她住手啦！」豬婆龍痛哭失聲，「我受不了這個不懂得尊敬古老精靈的金毛女了啦！」

「誰讓你欺負她年紀小，輩分低呢？」麒麟無奈了，「你好歹也說說發生了什麼事情，不然我怎麼有情可說呢？」

「我說啦我說啦！」豬婆龍哽咽，「我也是聽崑崙泉的泉精說的。聽說鬼武羅失蹤了，她失蹤之前，列姑射島的幾個半神人在崑崙附近鬼鬼祟祟，沒多久，鬼武羅就不見了……」

「你說鬼武羅嗎?!」阿旭被一把踢開，一張激動的豔容幾乎占據了半個螢幕，「鬼武羅在列姑射島嗎?!」

「呃……」麒麟呆了一呆，「我不敢肯定。」

「我們山鬼一族傾巢而出就是為了找她！」那位美豔絕倫的山鬼族女對著螢幕大吼，「妳知道找不到她的後果？讓天帝知道……可不是地震這麼簡單！山鬼一族傾覆，妳不怕列姑射島跟著山鬼族一起陪葬嗎？為什麼有這麼白痴的人類會去抓她啊？」

這世間果然沒有所謂的偶然，只有「必然」。

麒麟伸手制止，「行了，我知道了。莉莉絲，妳也鬆鬆手，豬婆龍大人的臉孔變成紫色了。謝謝謝謝……豬婆龍大人，不用我吩咐你也懂吧？知道這種機密還是趕緊收了大水回家避禍的好。就算沒事，你也落個知情不報……你懂得嚴重性吧？」

豬婆龍拚命點頭，莉莉絲一放手，馬上跟著大水退了個無影無蹤。

麒麟吩咐了幾聲，收了線。不禁深深頭痛起來。唉，天啊，山鬼說得對，是哪個白痴人類跑去綁架鬼武羅？

三界之內沒有眾生不知道，就是沒人敢說破，那個居住在崑崙山的降霜女神，隸屬於山鬼族的鬼武羅，就是天帝最疼愛的小老婆啊！

連王母也只敢忍住滿腔醋意不敢去找鬼武羅麻煩，是哪個白痴去綁架她啊……

她覺得非常無力。

＊　＊　＊

這小島才感應得到這短暫地震，本來麒麟還覺得奇怪，只有神族血緣感受得到的特別震動，應當是神威所致。

但是她觀察星宿，又不見什麼天罡地煞下凡，也不曾聽聞有什麼通緝令。尤其是封天絕地後，天界規矩更嚴格了，當然更不可能讓能發出神威的天神隨便臨界。

如果是天帝的愛妾，那就完全可以了解了。

跟在天帝身邊這麼久，多少也染上了一點天帝的氣，會有這麼巨大的神威也是應該的。

問題是，哪個白痴會這麼不要命，敢跑去崑崙山綁人呢？

麒麟思考了很久，把名單列出來——頭號嫌疑犯應該是崇家才對。在這小小的島國，有本事拘禁天神，大約只有管理者和崇家。舒祈懶得要命，怎麼可能自己去找麻煩？

看起來只有崇家了。

但是崇家雖然頗有野心，畢竟是大神重的子孫，向來敬天畏神，怎麼會跑去綁架鬼武羅？你說他們綁架了某個山鬼還說得上……

天帝愛妾鬼武羅？降霜女神？別說要綁她，恐怕要靠近她都不容易。

如果不是舒祈也不是崇家，會是誰呢？

她還是抱著姑且一試的心情，依足了人類的規矩，打電話給舒祈。

「我很忙。」舒祈的聲音聽起來心情很不好，「我是要賺錢吃飯的人類，沒空跟你們這些養尊處優的非人擺龍門陣。」

「紅十字會也提議給妳薪水，是妳不要的……」麒麟咕噥著。

舒祈很乾脆的掛了電話。

幹嘛這麼任性……麒麟嘀咕著，又撥了電話過去，「不想被紅十字會管就不想被管，幹嘛掛我電話？真的是有急事找妳啦！」

「我沒空。」

「哎唷，鬼武羅被綁架到這小島來了，這妳總不能說沒空吧？」麒麟急著大叫。

舒祈要掛電話的手遲疑了一下，「……是哪個活得不耐煩的傢伙幹的？」

麒麟試探的問，「該不會是妳不當心收到檔案夾吧？」

「妳看我會那麼『不當心』嗎？」，舒祈不耐煩的用脖子夾著話筒，「會那麼『不當心』的只有崇家吧？」

「妳看妳！」麒麟抱怨了，「妳也知道崇家不安分，妳也不就近處理一下！妳不知道他們綁架綁上癮了，上回我救了個崇家族女，他們上門欺負我這個弱女子欸！」

「……我當作沒聽到『弱女子』這個笑話好了。」舒祈揉了揉脖子，「我這兒沒收鬼武羅。就算她求我收我也不會去惹這天大的麻煩，行了嗎？」

「妳離崇家那麼近……沒聽到什麼蛛絲馬跡？」

「妳不知道越野心勃勃的人越謹慎嗎？」舒祈沒好氣，「崇家的本部在哪？就離都城不到一里的外縣市。他們就是不讓我管著，有什麼消息一定是第一個防著我，我是可以知道什麼？」

「妳也認為崇家嫌疑最大？」麒麟抓緊機會，「但是崇家畏神畏到五體投地，怎麼可能去綁鬼武羅……」

「小姐，妳是不是喝酒泡壞了腦細胞？」舒祈失去了耐性，「妳也用一下妳的腦子。崇家畏懼的是神明，鬼武羅算不算神明？好吧，妳說算，當權的神明說不算，崇家聽妳的還是聽當權的神明？」

麒麟呆了呆，「……所以崇家覺得是替天行道？不然他們也綁不住司管降霜的青女鬼武羅吧？」

「這才明白了過來？唉……別煩我了，去煩該煩的人吧。」舒祈把電話掛了。

麒麟揉著額角，「妳說得簡單。我可是一點都不想去惹這無謂的麻煩啊！」

*　　　*　　　*

鬼武羅在《山海經》有她的倩影。正確的寫法是「魖武羅」。「魖」字與「神」同音。

她是山鬼這種妖豔山精的成仙者，《山海經・中次三經》裡頭很委婉的提到她，「又東十里曰青要之山，實維帝之密都。魖武羅司之。其狀人面而豹文，小要（腰）而白齒，而穿耳以鐻，其鳴如鳴玉。」

楊慎《山海經補注》裡頭也提到，「《淮南子》云：『青腰玉女，降霜神也。』蓋本此說而傅會之。」

《淮南子》雖然不少胡說八道，但是這點倒是正確了。鬼武羅的確司降霜，而這位美如豔秋的女神，獨自住在崑崙山脈附近的青要之山，守著天帝的「密都」。

事實上，因為她是屬於秋穫的女神，所以也管著崑崙山的長生藥和許多天帝才知道的祕法。正因為她的地位崇高卻曖昧，又深居簡出，平常人並不知道這個身上有著文豹花紋的美麗女神，居住在人間和天界的交接處。

仔細推想，若沒有其他天神相助，連想見她一面都難，畢竟崑崙受了重重祕法的保護。

好吧，是哪些天神相助，又是誰最想除掉鬼武羅？當然，那個高貴的神祇不怕天帝遷怒到這個小島，引發什麼災難。那死婆娘出了名的愛記恨小心眼，死的是微不足道的人類，她大可以推個乾乾淨淨。

想來那個幫凶大神重也不在乎，反正有難的時候，他頂多把子孫遷居了事，子孫還不是感激涕零，繼續當他忠誠又愚蠢的子民。

但是麒麟在乎。這可是一島生靈的性命。

但是……但是但是……真的要跟他們鬥？老天爺……

越想麒麟越頭疼，長長嘆了一聲，趴在桌上動彈不得。

九、渴望創造神明的貪婪

熟睡中的明峰，不知道自己為什麼醒過來。他凝視著黑暗，像是黑暗也隨之凝視過來。

非常安靜的夜晚，但是有股極寒的殺氣在他背後，無形無影，卻讓他汗毛直豎。他緊繃著，希望只是錯覺而已……

但是那股殺氣撲了上來！

「哇呀呀呀～」

「我要吃飯！」

他的尖叫和麒麟堅決的聲音交織成一片。他縮在床角抱著枕頭，看著餓到目露凶光的麒麟。

時鐘發出靜靜的綠光，告訴他現在是午夜三點半。

「我要吃飯！」麒麟揪著他的領子，「我現在就要吃飯！」

明峰氣得發抖，「午夜三點半吃什麼飯？妳是要吃哪一頓啊？」他真的差點弒師。

「主子，我也可以做啊。」蕙娘試著將麒麟拖開，「何必半夜進來嚇明峰？妳也知道他不禁嚇……」

「麒麟大人，我做給妳吃啦！」英俊抱住麒麟的大腿，「妳看主人被妳嚇得差點哭出來……」

「誰嚇哭啦?!」明峰喊了起來，偷偷把眼角的淚水拭去。

「我不要！」麒麟將她們通通甩開，「我就是要明峰做給我吃！我要吃飯我要吃飯！」

凶性大發的麒麟真的好可怕啊……他只覺得快不能呼吸了。

「我做啦我做啦！」明峰扳著她的手，臉孔發青，「別掐死我！死人是不會做飯的！」

驚魂甫定的明峰衣衫不整的衝進廚房，隨便抓了冰箱裡的剩飯和蛋，在最短的時間做了蛋炒飯、蛋花湯，以及皮蛋豆腐。

「……我不喜歡這種飯占的結果。」麒麟抱怨著，坐下來據案大嚼，「我要酒！我要酒！」

酒……家裡可以喝的酒都讓妳幹光了，現在是去哪邊生酒啊？

「天露行不行？」明峰很無奈，「我所有藏起來的酒都讓妳喝完了啊！」

「都行啦，由你決定要給我喝什麼吧。」麒麟連頭也不抬，只顧著把食物裝進肚子裡。

她到底是發什麼神經？明峰乾扁的倒了一杯天露給她。她仰頭灌了一口——非常乾脆的噴在明峰臉上。

她和明峰驚愕的面面相覷，兩個人一起發怒起來。

「妳就算不想喝也不要噴在我臉上！」明峰怒吼，「就算不是酒這也是很棒的飲料欸！妳要知道這個也剩不多了，妳居然……」

「天露居然壞了！」麒麟比他更火大，「他媽的，這是我最討厭的占卜結果啊！」

「怎麼可能……」天露好歹是水，好不好？水怎麼可能壞掉……明峰不服氣的喝了一口，腐敗酸苦的味道，讓他哇的一聲吐出來。

「真是糟到不能再糟了……」麒麟站起來，擦了擦嘴，「我吃飽了。」她將滿頭長髮盤了起來，用一支繪著奇異花紋的玉簪，盤在頭頂。

「主子！」蕙娘叫了起來，「那個是……那不是……主子，不要！」

「啊，謹慎使用就好了嘛。」當她盤好頭髮，一種奇特的氣氛從她身上湧出來。她輕鬆自在的笑著，似乎什麼難關都不費吹灰之力。

像是……明峰初次遇到麒麟的那一刻。那個懶洋洋的，卻蘊藏著無比爆發力的麒麟。她的靈力在受了重傷後就大幅衰退，進過秦皇陵後，她外表沒什麼改變，但是……她內在的靈氣卻衰敗到令人不忍卒睹的地步。

受了無法痊癒的傷害，死而復生的代價是如此巨大——她的修行像是在有破洞的袋子裡頭裝水，永遠裝不滿，最糟糕的是，破洞越來越大，她卻沒有辦法修補。

雖然看不到，麒麟也不會去說……但是明峰感受得到。

現在……她居然將破洞填補起來，幾乎和照片那個充滿自信的女孩一模一樣。

「……妳做了什麼？」他幾乎是驚恐的，「麒麟，妳不要做危險的事情……」

「危險嗎？其實也不算啦。」她垂下眼簾，笑得這樣美麗，「最壞的狀況是玄祖母會很高興。只是……」她無比眷戀的環顧，「只是我會不太快樂而已。」

她憐愛的摸摸蕙娘流淚的臉，轉頭問著，「徒兒，你會幫我照顧蕙娘吧？」

「……妳在說什麼啊！」明峰又怕又生氣，「我不要聽妳交代遺言！有什麼問題我們一起去面對啊！反正妳已經很習慣把我拖下水了不是嗎？不要現在才裝出一副好老師的樣子，根本就來不及了……」

「是啊，我也覺得這樣客氣的拜託你很不習慣。」麒麟掣出鐵棒，「你們乖乖待在這裡，等我回來吧！」

她將鐵棒往地板一砸，煙霧瀰漫中，她消失了蹤影。

「妳不帶我們去嗎?!」明峰又驚又怒，「妳怎麼可以拋下我們自己跑掉！喂！甄麒麟！」

蕙娘呆了一會兒，默默的去收拾碗盤。

「蕙娘，妳也說句話啊！她怎麼可以這麼任性……」

「她要我們在這裡等她呀。」蕙娘聲音平靜，「我們等她回來吧。」

「為什麼？」明峰粗魯的拉她，「為什麼妳要聽她的狗屁命令？妳明明在哭啊！」

蕙娘的臉孔蜿蜒著淚痕，匯集到下巴，滴在餐桌上。「我會一直等她回來，雖然……她可能再也不會回來了。」閉上眼睛，晶瑩的淚不斷的湧出，「她使用了封印的力量，恐怕會去……我跟隨不了的地方。」

靜悄悄的，幾乎沒有人說話。

英俊迷惘的問，「那……那是麒麟角吧？」她胡亂揮著翅膀，「那個……那個，麒麟插在頭髮上的……是麒麟角吧。」

「……嗯。」蕙娘含著眼淚笑了起來，「那是她出生就有的麒麟角。人類的血緣很複雜……偶爾會出現像她這樣能力強大，未出生就覺醒的人類。那是她的角……」蕙娘的笑容漸漸模糊，埋首哭了起來。

麒麟出生，帶著一根麒麟角。父母親都大為驚訝，連前來祝賀的大聖爺和子麟都嚇壞了。

為了她的未來，子麟和大聖爺起了爭執，最後達成協議，小女嬰的名字由子麟取，但是大聖爺幫她取下了那根麒麟角，幻化為玉簪，決定等麒麟長大以後，由她決定自己的未來。

是要留在人間修煉呢？還是拿回麒麟角升天為慈獸……

由她自己決定。

麒麟自己選擇了當人類這條路，即使曾經死亡，她也堅持了人類的身分。但是現在……在她人類靈力極度衰退時，她卻用自己出生時的麒麟角，喚出了另一種神力。

「……說不定麒麟化為真正的麒麟反而比較好。」蕙娘咬著唇，盡量壓抑住眼淚，「子麟大人一定會很高興，她會讓麒麟變成族長候選……麒麟也不用在人間忍受死亡傷痕的侵蝕……」但是眼淚，卻不聽話的流下來，「只是我沒辦法跟去服侍她……她去了，我去不到的地方……」

那我未來生存的目標和意義在哪裡？我這樣一個罪大惡極的殭尸……為什麼不讓她代替麒麟死了？為什麼死亡不降臨到她身上？

她是寧可死的。

明峰安靜了很久，「……用了麒麟角就會變成麒麟？」

「過度使用神力，她就不再是人類了……」

「不要過度使用就好了嘛！」明峰生氣起來，「那她還撇下我們?!她真以為她有三頭六臂無所不能啊？若不是我們做飯給她吃，她早就餓死啦！她沒有我們是可以幹嘛啊！」他一把拖起哭泣的蕙娘，「走！我們去找她！她什麼也沒教我，怎麼可以這樣就跑掉？」

「你知道要去哪裡找她？」蕙娘迷惘了，「不能的，她不讓我們跟，就是因為太危險。能夠拘禁鬼武羅，絕對不會只有崇家……」

「就算有神明我也不怕！神明算什麼？」明峰吼了起來，「如果她敢違抗神明，為什麼我不敢？我是她的弟子呀！」

他怒火沖沖的拖著蕙娘出大門，上了摩托車。「喏，安全帽！英俊，妳要不要來？」

張大嘴的英俊如夢初醒，「要！當然要！主人去哪我就去哪！」她其實怕死了……但是，再怎麼怕，她還是明峰的式神。

而且……主人這樣堅決的時候，好有男子氣概喔……雖然不是戀愛的感覺，但是她願意跟主人上刀山下油鍋，雖萬死亦不辭。

「……我們要騎摩托車去哪？」蕙娘吃驚了，「你真的知道要去哪裡嗎？」

「麒麟不是說我聰明身體笨腦袋嗎？」他猛催油門，「我的身體很聰明的。」

麒麟去哪裡，他感覺得到。

*　*　*

盡量不去看冥道上的「行人」。明峰冒著冷汗，追蹤著麒麟隱隱的一點點氣息。他也不清楚自己為什麼知道——但他就是知道。

好像騎了很久，又好像只有一下子。他在冥道望著人間的建築物……看起來卻有很深的「根」，許多進不去的妖異趴在結界之外，吸吮著漏出來的邪氣。

這邪氣充滿惡臭和恐怖，他很熟悉……他曾經在信用卡上聞到類似的味道。忍著作嘔的感覺，他停下摩托車，穿過成群的妖異。

靠著蕙娘和英俊的保護，他穿越了陽冥交界，回到人間的陽光下，仰望著那棟氣派的大樓。

麒麟，在裡面。

「怎麼進去呢？」蕙娘有點膽怯。

「從大門走進去啊。」明峰跨進自動門，「就從大門走進去。」

他的直覺很靈敏，麒麟的確在這裡。甚至，離他們這樣的近，近到麒麟可以聽到明峰的慘叫。

和她對峙的神人笑了一下，「妳的徒兒似乎沒有學到妳的聰明。」

「是呀，」麒麟優雅的笑了笑，「他的確不太聰明……都跟他說別來了。」她歪著頭，扛著鐵棒，「沒辦法，怎麼樣的師父教出怎樣的徒弟。」

「這是反話嗎？」神人瞇細眼睛，「麒麟真人，我不想跟妳為敵。」

「我也不想，你的後台太硬，我惹不起。」麒麟正色，「不過，重，你是誰的臣子，又替誰做事呢？」

大神重沉下了臉。「麒麟真人，這與妳無關。」

「怎麼會與我無關？」麒麟起手，「一島生靈的命，怎麼會與我無關？現下是天帝還不知情，知情的時候呢？」

「天帝不會為了一個小娼婦發怒的。」重冷冷的說。

「這是你的說法。」麒麟挑釁的用鐵棒指著重，「放人？或是戰？」

「我可以釋放妳的徒弟和式神。我敬重妳是真人，請不要逼我。」重有些發怒了。

「我要鬼武羅和我的人。」麒麟鐵棒不動，她的臉孔森冷下來。

「不可能！」重勉強壓抑怒氣，「甄麒麟！我並不是怕了妳一個人類，而是賣子麟大人和大聖爺面子！請妳不要欺人太甚！」

「彼此彼此。」麒麟冷笑，「我也不想觸怒指使你的王母。但是有些事情……」她勢力萬鈞的揮下鐵棒，「不是不想就可以不做的！」

挨了鐵棒的重像是水波般漾開，消失無蹤。呿，好個膽怯的大神啊……只敢傳送虛影來，本尊卻安穩的待在天界。

然後派他的子孫上來送命。

不知道什麼時候，崇家人無聲無息的擋在她面前。總共是三個，麒麟看了一眼，有些厭煩的。「你們太祖父要你們殺人放火，你們也不問是非的去殺麼？」

「真人，」一個高個子的女郎走上前，「可以的話，我們也不希望和您動手。」

「崇家七曜就剩你們三個？」麒麟一個個看過去，「是了，金曜年紀大了，他的孫子月曜又讓我給廢了。水曜離家出走，跟崇家劃清關係；日曜似乎是你們血統最純正的家督？你們大約也不會讓他涉險……」麒麟轉了轉眸子，「妳是木曜？」

高個子的女郎吃了一驚，恭恭敬敬的回答，「是，我是木曜。」她指著粗壯勇猛的男子，「他是火曜。」和一個長相很普通的少年，「他是土曜。」

「若要打殺了你們，無奈你們是人身；若不打殺你們，看起來也不能善了。」麒麟拄著鐵棒，「趁我性子還沒起，快讓我過去，省得可惜了你們的性命。」

「崇家，一定要有七曜。」木曜鼓起勇氣，掏出一把扇子，「真人，我們不會傷害鬼武羅的。只是希望她幫我們延續血脈……只要事了，我們就會把她放回去了，請相信我們……也並不想跟妳動手。」

延續血脈？麒麟愣了一下，旋即狂怒，「妳當降霜女神是什麼？是你們家養的母豬嗎？」她揮下棒子，捲起的狂風讓木曜倒退好幾步。

「這是崇家延續的關鍵！」木曜揮動扇子催起真言，細密的枝枒割裂了狂風，「若要過去，除非踏著我們三個人的屍體！」

「愚蠢！」麒麟快氣死了，「你們以為抓了降霜女神來，逼她生下孩子，就可以讓崇家的神力一直傳下去？她是會哭會笑有感情的神靈！就算她是個妖怪你們也不該做這種泯滅天良的事情！」

「這是為了崇家的延續！」木曜吼著，和火曜土曜合攻上來。

「我真的不想殺生。」麒麟的呼吸粗重起來，「別逼我犯下殺孽！」

*　*　*

麒麟要犯下殺孽嗎？明峰頭昏腦脹的抬起頭，發現他被綁得跟粽子一樣，又熱又溼的液體不斷的流到眼睛，他用肩膀抹去。

該死，他的額頭被打破了。蕙娘呢？英俊呢？

他只記得他們闖進大樓，憑著直覺要到麒麟那兒……突然湧出一群黑衣人。要打殺他們——無奈都是人身，就這麼一刻的遲疑，他只覺得脖子一陣劇痛和痲痹，最後看到的是蕙娘和英俊被罩在一個奇怪的結界裡……

然後就不記得了。

公然在大樓的大廳行使暴力……這祟家真的跟地痞流氓沒兩樣。

「你真的是禁咒師的弟子嗎？一點用處也沒有。」一個不耐煩的聲音響起，「你真是辱沒了她的美名。」

明峰定睛一看，沒好氣的回嘴，「死矮子，吵屁啊。有種就別叫那群只有拳頭大的普通人出來撐場面。普通人欸！你要我怎樣？隨便碰碰就是死，我怎麼下得了手啊？」

黑暗中，浮現月曜恚怒的臉孔，「……本來想救你的。我看還是算了。」

「別這樣嘛！月曜大人！」明峰趕緊諂媚起來，「開開玩笑別生氣……」

……你嘴臉會不會變太快了？

「若不是『她』拜託我，我還真不想管你……」月曜發著牢騷，少年般的臉孔有著超齡的憂鬱，「跟我走吧，遜咖。」

繩子解是解開了，月曜卻拿個電擊棒押著他，「別搗鬼啊。雖然我沒靈力了，這玩意兒可是電力十足，很可以把你這遜咖擺平。」

「……不要遜咖遜咖的叫好不好？」明峰摀住額頭的血，「蕙娘和英俊呢？你們沒傷害他們吧？」

「我們不會去觸怒禁咒師。」月曜揮了揮手裡的電擊棒，「我就是最好的例子。七曜中能力最高的我都被整得慘兮兮了，其他人沒那個膽吧？」

明峰打量了他一眼，「你好像長大一點點喔。」原本只有七、八歲的身量，現在看起來長高不少，儼然有十五、六歲的模樣了。

月曜好看的粉嫩臉孔湧出紅暈，接著生氣起來，「快點走！沒被電不高興？」

幹嘛脾氣這麼壞啊？「我到底要去見誰？」

「去了你就知道了，問這麼多幹嘛？」月曜用電擊棒抵了抵他的後背，「別逼我把開關按下去。」

明峰氣餒的走著，覺得很沮喪。他到底是當學者的命，不適合在外面打架。

「我、我突然好想回紅十字會啊……」他的眼淚差點滾下來了。

十、美麗並不是一種嘆息

沮喪的走在月曜前面，他們走入了一個看起來普通的電梯。

但若不是月曜用電擊棒在他背後頂了頂，明峰實在不想進去。一種令人非常不舒服的異樣感充斥著電梯——原來電磁波也可以形成一種強而有力的「符」，用科學的力量展現結界。

這種嘗試他見過香港當局使用，防災小組附設學校也有人研究過，不過一直都不成氣候。使用科學的儀器的確可以將「咒」模擬的很完美……但是儀器是理性主義的實現，終究拿捏不出一個適當的尺度。

理性本身就是一種強大而無情的束縛，用儀器模擬出來的結界自然冰冷而且副作用劇烈。這些雖然沒人教過明峰，但是他本能的討厭這種冰冷的寒氣。

月曜訝異的看了他兩眼，沒有說什麼。他本身是崇家七曜之一，是數千個崇家子弟中挑選出來的菁英。雖然麒麟毀了他灌注無數心力的咒具《山海圖》，但是沒有毀掉他的腦子。

他或許無法再使用強大的咒，但是他還記得如何解除和結界。這個電梯的咒力極強，他經過無數訓練才能夠泰然自若的搭乘。但是這個法力低微的傢伙，居然只是皺緊眉，默默的進了電梯，這讓他很驚訝。

麒麟的弟子，是有點門道的。

「到了。」月曜老實不客氣的用電擊棒戳了戳明峰的背，「我警告你，你若對『她』有什麼不軌的行為……我馬上讓你變成烤鴨，聽到了沒有？」

「……聽到了。」她是誰啊？天天看著麒麟和蕙娘，加上常常化成人身的英俊，他實在看美女看到有點痲痹。還有什麼樣的美女可以讓他想不軌啊？

一股腐敗酸苦的味道襲了上來，明峰忍不住掩鼻。這味道這麼可怕，但是他卻有種熟悉的感覺……

他張大了嘴，望著擺在展示台的列姑射之壺。強烈的光柱從天花板和展示台的四個角照下來，機器模擬的禁咒霸道到快把壺照到乾裂開來；擁有流浪癖和靈性的壺被迫湧出天露，汩汩的從壺口湧出，成為一個源頭，在這個廣大空曠的房間裡面形成一個圓形的水道，環繞著一塊大約四十坪的圓形小島，就像是室內造景一樣。

但是被強迫的列姑射之壺湧出來的不再是神人的飲料，而是腐敗發苦的水，依舊清澈，卻發出陣陣憤怒的腐敗氣味。

「喂！你還好吧？」明峰嘩啦啦的涉過水道，強烈的光柱讓他眼前一片白花花，被照到的地方發紅，像是強烈曬傷，「我說你啊，好好在麒麟家當擺飾不是很好？現在被人抓來這兒照成這樣！要不要緊啊？我馬上把你放下來……」強忍著曬傷的痛苦，明峰伸手去拿那個壺。

「……喂！你不要做這種危險的事情！」月曜目瞪口呆的看他涉水而過……見鬼了！被拘禁的神壺湧出幾近強酸的天露，連長老都跨不過去……這個呆頭呆腦的傢伙居然這樣走過去？

「你不要去碰那個！瞎子！你怎麼會先去看那個壺沒看到別人啊？」

太燙了，拿不到。越靠近光柱，越像是碰到滾燙的開水。「還有什麼人啊？」他焦躁的回答，「把這個該死的光關掉好不好？你們真的很殘忍欸，綁架是你們家的家風嗎？綁人就算了，連個無辜的壺也要綁……怎麼一家子的綁架犯？」

「你到底是強還是弱啊？」月曜有點暈眩，「你不痛嗎？你的褲子都融化啦！還有，別在站在水裡了，你不怕兩條腿都報廢嗎？」

明峰低頭一看，果然沾到水的部分像是冰淇淋一樣的融化，他尷尬的爬上小島，發現鞋子襪子當然也完了。結果他光著腳，穿著融到膝下的牛仔褲，無奈的站在小島上。衣物是毀了，但是他連破皮都沒有。

「你真的不要緊嗎？」月曜隔岸喊著，「不覺得哪裡不舒服？」

「沒什麼不舒服啊。」明峰覺得他囉哩囉唆的，「把那個該死的燈關掉！」

「可以關掉我早就關掉啦！需要等你講嗎？」月曜發怒了。

「噗。」小島中心發出一聲嬌柔的笑，「月曜，不用擔心，他不會有事的。謝謝你找他來。」

這時候，明峰才注意到小島除了他以外，還有其他人。

明峰一直覺得，他對美女早就有免疫力了。但是一看到她，他的目光居然移不開。自然，她很美。雖然她的皮膚是健康的淡金色，上面還布滿了豹紋的斑點；只穿著小襖，散著長裙，露出曲線美麗的肩膀和手臂；美麗的臉龐有著天然生成的濃眉大眼，充滿野性……

但這還不是她最美的地方。

而是一看到她，就像是看到燦爛莊嚴的落日、無數飛鳥矯健的身影、狂風吹過的無盡原野、遙遠嘹亮的歌聲、熊熊的溫暖火光、戀人的低語、兒童的歡笑、母親的呼喚……

像是所有良善面的情感，例如愉悅、歡欣、愛欲……都在望著她的時候一起湧現。她美得那樣活生生，充滿生命力和坦然，讓人移不開眼睛。

明峰好一會兒才回過神，注視著坐在紗帳下的美人兒。「妳……妳是鬼武羅？」

鬼武羅頓了頓，「是月曜告訴你的嗎？」

「不。」明峰有點狼狽，有些羞澀和不知所措，「我只是……我也不知道為什麼知道。」

鬼武羅笑了，讓她的美增加幾許驚心動魄的嫵媚，「你果然就是我要找的人。」

*　　*　　*

對的，崇家有本事將鬼武羅抓來，除了大神重破解了青要之山的重重祕法，還仗著拘禁了喜好流浪的列姑射之壺。

被咒縛的憤怒，成了強大的咒，這原是神人親手打造的神器，拿來束縛鬼武羅自然不費吹灰之力。

他們將鬼武羅綁架過來，用列姑射之壺當作陣眼，變質的天露當作屏障，三界之內的眾生，幾乎都逃不了。

鬼武羅就這樣被關在這個人工小島上。

「我是來救妳的！」明峰很懇切，「我是麒麟的弟子，希望妳明白我不是壞人……」

「我不會召喚壞人來的。」鬼武羅笑咪咪的，「不過我關在什麼地方都差不多，沒關係。請你把那個受盡折磨的孩子帶走吧……」她指了指小島的另一端，「他快被自己殺死了。」

她美麗的臉龐感傷起來，「請你把他帶走吧，或許你有辦法將他帶離這個拘禁之地……」

明峰狐疑的走近一看，不禁受了驚嚇。滿地的血……眼前的男人有張俊逸美麗的臉龐，眼神卻迷惘而狂亂。他手裡拿著一把象牙小刀，而小刀……就插在大腿上。他像是毒癮患者一樣不斷的發抖，卻沾著自己的血在地上畫了一個大大的圈，將自己拘禁在裡面。

「……別靠近我。」明峰相信這個男人已經看不到什麼了，「別靠近我！鬼武羅！不要讓我傷害妳也傷害我自己！離我遠一點！」男人說著，一面把小刀插得更深一點。

「……真看不下去了。」月曜喃喃著，「日曜，夠了！不要再傷害自己了！你還是趕緊跟鬼武羅成親吧！長老在你身上下了情蠱，他鐵了心，你不跟她圓房就不會放你離開啊！拜託你不要再傷害自己了……」

「我不叫日曜。」男人低垂著頭，竭力保持清醒，「我叫崇遠志。你也不是什麼月曜，你是崇遠清呀！我們崇家已經是凡人了……難道這樣綁架婦女就可以延續神的血統？這種惡行你能忍受？我不能！我寧可一死！」他又將小刀插深一些。

明峰好一會兒才組織出來龍去脈，不禁大怒，「你們搞什麼？搞什麼！都二十一世紀了，還搞這種古老的變態家族倫理大悲劇？你們以為你們在演『台灣龍捲風』嗎？

還有長輩對小輩下春藥……你是不會逃喔？這水這麼淺又不到膝蓋，你是沒長腳可以跑喔？」

然後……他就這樣一點神經也沒有的跨進遠志用血凝聚出來的結界。

身為家督，奉為日曜的崇遠志，事實上是崇家能力最強的繼承人。他用必死的決心，繪出來的血結界可以說是銅牆鐵壁，上可避神下可驅鬼，普通人撞上大約會昏過去……

但是明峰卻無感的跨過去，還把崇遠志扛起來。

月曜張大了嘴，好一會兒無法思考。這個呆頭呆腦的傢伙，到底是強還是弱？崇家空有蠻力的警衛可以把他打個半死，卻視各種結界如無物，隨便的跨過來踩過去……

你到底有沒有一點咒的感應和概念啊?!

「你怎麼跟死人一樣重？」明峰抱怨著，將半昏的遠志扛在肩膀上，嘩啦啦的跨過水道（理論上應該跟強酸一樣……），將他扔給目瞪口呆的月曜。低頭一看，遠志敞開的胸口黏著一隻「蟲」。

「蟑螂？」光源都集中在列姑射之壺，其他地方反而顯得昏暗，明峰用了點力將那隻「蟲」從遠志的胸口拔下來，「這隻蟑螂怎麼黏得這麼緊？真噁心。」

啪唧一聲，明峰踩扁了那隻「蟲」。

痛苦的遠志呼出一口大氣，軟綿綿的動也不動。月曜也無法動彈……他，宋明峰，一個法力低微的小學徒，徒手拆解了情蠱，還誤認成蟑螂，一腳踩死……

那是長老的得意之作，遠志誤中情蠱以後，用盡了各種方法，就是拆不下跟心臟相連的情蠱。

他是怎麼辦到的？而且這樣粗率的處理，遠志居然還在呼吸……這根本就超出常理範圍啊啊啊啊～

「你愣在這兒幹嘛？」明峰奇怪的看他一眼，「快把他帶去醫院啊！你不知道流血過多會死的嗎？你們這群人不要裝神弄鬼，實際一點好不好？」

……最超現實的是你吧？是你吧?!

月曜吃力的將高大的遠志架起來，看著明峰又嘩啦啦的跨過水道，對著放著列姑射之壺的展示台東瞧西瞧。

「你在看什麼？」月曜忍不住問了。

「我在找插頭。」明峰在展示台摸來摸去，「不可能關不掉啦，一定有開關或插頭之類的……」

那種東西怎麼會需要用到電？普通人發電的方法很原始，他們崇家可是……

「找不到。」明峰很氣餒，他瞥見鬼武羅的紗帳旁有個沉重的茶几，「這可以借用嗎？」

鬼武羅也對這個奇異的人類少年感到奇特而有趣，雖然不知道他葫蘆裡賣什麼藥，還是點了點頭。

「謝謝。」明峰使盡了力氣，掄起那張茶几，往展示台的一個燈砸下去！

茶几應聲而碎，但是那個燈的燈泡也破了。原本被禁錮得動彈不得的列姑射之壺像是喘了一口氣，歡欣鼓舞的從缺角飛了出來……黏在明峰的頭上。

「走開啦！」明峰拚命揮著，「吼～黏著我幹嘛？快走開啦～」但是那個壺像是很滿意他的腦袋，距離大約五公分的定住不動，大有安居樂業的態勢。

頂著壺手舞足蹈的模樣真的很可笑，鬼武羅忍不住呵呵笑了出來。

「嗨，妳笑起來真好看。」明峰的臉亮了起來，暫時不去跟那個笨壺計較，他友善的伸出手，「來，我帶妳去找麒麟。麒麟一定會送妳回家的。」

望了那隻手好久，鬼武羅怯怯的遞上自己的手。她這位穩重的降霜女神，差點流下了眼淚。

她……好像很久很久，沒有感受到手心的溫暖了。

其實絕色，也是一種咒。這種咒將她束縛的動彈不得，一世悲慘。她的懷裡還有一把母親給她的刀。

當她決心修仙時，母親遞了這把家傳的銀刀給她。「如果妳成了妖仙，想在天界過著平安的日子……就用這把刀劃花自己的臉吧。」母親憂鬱的看著她，「太美麗只是一種嘆息。」

鬼武羅懷著這把刀，卻沒有傷害過自己的臉。

不是她怕痛，而是她也喜歡自己的容貌。她知道自己很美很美，但是她的心很單純。她覺得，就像美麗的花兒可以讓她覺得感動愉悅，她也希望自己的容貌可以讓看見她的人快樂。

還沒成仙時，的確是這樣的。山鬼族的女兒都一派天真無邪，熱情奔放。雖然成仙這種麻煩的事情很懶得去做，但是這位美麗的妹妹既然有這種決心，她們也樂觀其成。再說，成仙之後就不會老了，這朵令所有山鬼們驕傲的花兒將成不凋之花，對於喜愛美好和音樂的山鬼女兒來說，是很棒的事情。

直到她終於成了仙，才知道，天界的階級嚴厲而分明，身為妖仙，就是矮人一截。原本她可以不在意的，但是她美麗的容顏卻惹來許多妒恨。

她終於明白母親給她銀刀的用意。

每一天，她都遲疑的拿起銀刀，但又倔強的收進懷裡。就是長得比別人好些罷了，又怎麼樣呢？她沒傷害別人，為什麼她得傷害自己？

她成為披香殿的侍女，王母對她比任何人都嚴厲，處罰和責打從來沒有停止過。正因為王母的厭惡，其他侍女也躲避著她，將她孤立起來。

在王母的披香殿，她有機會見到天帝和天孫。雖然她都敬畏的低下頭。

天帝一直都很平易近人，奉茶給他時都會含笑著說謝謝。很自制，也很客氣。但是王者的尊嚴自然的散發。

而天孫則是另一種樣子。他幾乎不開口，只是眼睛飄忽的看著她，讓她不寒而慄。她聽過很多傳言，非常害怕這個聲名狼藉的天孫。

這種不祥的預感成了真，在某個夜裡，王母叫她去披香殿添香，她捧著香爐到披香殿……卻只看到天孫。在黑暗中，眼睛特別的亮，閃爍著瘋狂的清醒。他纖白的手指握著鬼武羅的下巴，「妳的眼睛，非常美麗。」

她差點被挖去了眼睛。若不是天帝突然闖進來，憤怒的打天孫一個耳光，鬼武羅的眼睛可能就這樣沒了。

天帝痛惜的撫著她流血的眼眶，「可憐的孩子，真對不起……」他不再是高高在上的王者，疲憊的擁有一張皙白的容顏，充滿了憂鬱，「我只剩下他這個子嗣，實在沒辦法下手解決這個孽障……還好嗎？就因為美麗，妳得吃這些無謂的苦……可憐的孩子啊……」

她依在天帝的懷裡發抖，緊緊的攢著他的衣服，驚嚇過度的她連眼淚都流不出來。在天孫逼近她的瞬間，她明白了一件事情。

王母大概很妒恨她的美貌吧？妒恨到無時無刻的虐待她。這樣的虐待還不滿足，甚至將她送給天孫玩弄，讓天孫去挖她的眼睛。

「……帶我走。」她不斷的打著哆嗦，「帶我走帶我走！帶我離開這裡，我不要待在這裡！帶我走！」崩潰的哭了又哭，抓著天帝衣服的指節發白，用力到發疼。

天帝真的將她帶去崑崙山附近的密都。從那天起，她待在這裡潛修，再也沒有離開青要之山一步。

憑著自己的苦修，她當上了降霜青女，外界的人譏笑她是靠美色迷惑天帝才得到這個職位，她只是垂下眼簾，沒說過話。

「……妳是說，天帝也沒有牽過妳的手？」明峰簡直要呆掉了。

鬼武羅笑著，眼眶裡滾著淚，「天帝他……當我是他的女兒，他連一根手指也沒碰過我。」

隱居的歲月這樣悠長，天帝怕她寂寞，特許山鬼族駐居在青要之山，安慰她的寂寥。但是她還是在等待，等待天帝來探望她。

天帝喜歡聽她鼓瑟，喜歡聽她唱歌，說她的聲音宛如珠玉和鳴。他疲倦的面容在鬼武羅唱歌鼓瑟的時候，會放鬆下來，像是少年一樣無憂無慮的安詳。

雖然他那麼忙，很久很久才來一次，但是他總會派使者送來各式各樣的禮物。

我不要禮物，我希望你能來。她常常這樣想。誰唱歌給你聽呢？誰來安慰你的疲倦？我並不是真的想當你的愛妾，如別人傳說般。我只是想依在你身邊，鼓瑟給你聽。

「我……我一直想離開青要之山。」她淡金色的美麗臉龐蜿蜒著珍珠般的淚，「因為等待很痛苦。我也想過，若是一直被關在這裡，和人類有了孩子，很可能我可以死心，反正關在哪裡都沒有差別……」

明峰轉頭看她，眼中寫滿了憐憫，「……那麼現在呢？妳想去哪裡？」

抓著明峰的手，她哭到幾乎倒地，「我……我想回青要之山。等待很痛苦，但是不能等待……我更痛苦……」

她的痛苦深深的感染了明峰，雖然還沒戀愛過，他卻能夠感受到鬼武羅的煎熬。愛上一個不能愛的人，背負著莫須有的罪名，承受著莫名的妒恨……

「我覺得妳很漂亮。牽著妳的手讓我覺得很高興。」明峰垂下眼睛，「美麗絕對沒有什麼錯誤，美麗本身不該只是一聲嘆息！沒有人可以違反妳的意志強迫妳要幹嘛或不要幹嘛！如果妳要回青要之山等待，誰也不可以阻止妳！」他豪氣干雲的挺了挺胸，「我賭上男子漢的氣概，絕對會……」

「當心！」鬼武羅發出霜氣，卻沒有完全擋住，明峰後背劇痛，鋒利的風像鐮刀般從右肩直到左臀。風鋒太鋒利，傷口幾乎不見血，卻翻捲著可怖的傷，甚至露出暗紅的臟器。

若不是鬼武羅的霜氣發得及時，他很可能被劈成兩半。

「你的傷……」鬼武羅指尖放出霜氣，驚恐這樣沉重的傷居然無法癒合，只能止血。

「你想把我崇家的容器帶去哪？」長老瞬間年輕了十來歲，手心轉著風刀，「她可是我們崇家最後的希望。」

「容器？容器?!」激怒的明峰咯出一口血，「有種你再說一次！」

「你說那個小妖精嗎？」長老冷冷的看著他，「她就只是個生孩子的工具。你不要以為我怕了麒麟。她再厲害也只是真人，連神仙都說不上。她妄想挑戰神明？可惜她苦苦修煉了一場，還是白骨一堆……」

麒麟死了？騙人！明峰只覺得大腦一片空白。他望著虛空，一聲清脆的斷裂聲在他心裡響起。

麒麟……他那爛酒鬼師父。懶洋洋的躺在沙發上，光著腳，充滿幸福感的喝著酒，瞇著眼睛像是貓咪一樣。

她死了？

「你若不信，」長老獰笑著，「我送你去陰曹地府確認吧！」

在如狂火的憤怒中，明峰反而鎮靜下來。他一直避免犯下殺孽，他一直都不希望見血。但是現在……他腦海裡的咒文這樣清晰，呼之欲出。

沾著自己的血，他蒼白的唇吐出一句，「問問自己，你們是誰。」

他的傷口蒼白的湧出四十九滴血，落地煙霧瀰漫，然而鬼影幢幢。長老想要上前結果明峰，卻發現在煙霧中無法動彈。

鬼影轟然如雷，「**我們是熱心黨。我們是熱心黨伊斯卡利奧得猶大！**」

滿身是血的麒麟抬頭，她挨了大神重和黎的幾波猛攻，已經開始搖搖欲墜。即使受傷，她還是氣定神閒。

但是這股異樣的波動卻讓她變色。「……你們放出禁忌的猛獸了。」

「說什麼廢話。」仗著王母賜予的神器，大神黎有恃無恐，「納命來！」

麒麟嘆了口氣，「我盡讓著你們，就是不想開殺戒。被我這樣一個真人一擊而倒，可是不太光彩的。」

「麒麟，別說這些，快走吧。」大神重對她還是有些忌憚，「黎，別真的殺了她。」

「別人怕孫猴子，我可不怕！」大神黎舉起沉重的神斧，就要劈了過來……

「我受了多少傷害，就一次奉還給你。」麒麟冷冷的，「怒拳！」她全身沐浴著火樣的金光，拳頭讓巨大的黎一襯，顯得分外嬌小，但是這嬌小的一拳卻打碎了黎的神器，甚至把他打飛了出去。

大神重大驚，抓著沒有氣息的兄弟緊急撤離。

麒麟甩著手，全身上下無一不痛。這個鳥招式實在不划算……還得被打個半死才可以將所有傷害一次奉還。

萬一被打死，怒拳也不用怒了。

她擦了擦嘴角的血，試著感應明峰的位置……卻只感應到一團暴風、一隻怒飛的大鵬。

其翼如垂天之雲。

這大樓裡還可以活幾個人？她那純潔的弟子……也染上了血腥。

「你們為什麼要去開啟那把鑰匙，放出禁忌的狂獸呢？」她沉重的呼出一口氣，「這個爛攤子，我怎麼收啊……」

拖著沉重的步伐，她看到了她那傻呼呼的弟子……和慘不忍睹的現場。

他還有一絲理性吧？狂暴化的他，還知道要護住鬼武羅……應該，還可以把他喚回來吧。

「欸，明峰，」她輕鬆的笑著，「玩具收一收，回家了。」完全無視凶殘無比的狂信者式神對準她的咽喉撲過來……

全身都是血的明峰看著她，渾沌的意識像是看到純淨的光。

「直到默示日為止。」昏沉的明峰艱難的結咒，將凶狂的式神收了回來。他迷惘憂傷的望著她，「嗨，麒麟。」

這是夢境吧？他是不是站著做了惡夢？他殺了好多人——因為他們殺了麒麟。

但是你看，麒麟不是好端端的站在這兒嗎？

「嗯。」麒麟踩過七零八落的屍塊，輕撫著明峰的臉頰，「徒兒，跟我回家吧。」

他呆呆的站了一會兒，軟倒在麒麟的臂彎，昏了過去。麒麟讓他一撞，也沒力氣站起來，跪坐著抱著他的頭。

鬼武羅將滾在地上的列姑射之壺撿起來，往麒麟和明峰身上傾倒天露。恢復純淨的天露洗滌了他們身上的血污，卻沒辦法洗滌殺孽。

「謝謝。」麒麟空虛的一笑，「妳真的很美麗，可以為我們唱歌嗎？」

闖下這麼大的禍，他們總還有聽聽天籟的權力吧。

「都是我不好……」鬼武羅掉下眼淚。

「啊？妳有什麼不好？是妳求他們綁架妳？還是妳求我們來救妳？妳是當中的苦主，妳有什麼不好？」麒麟還是自在的笑，「讓我們聽聽妳美麗的歌聲吧。」

她的聲音真的如珠玉般和鳴，這樣的好聽。

麒麟閉上眼睛，暫時不去想全身痠痛，也不去想會受到怎樣的懲罰。過度使用神力會不會變成慈獸，明峰有沒有辦法脫罪……這些，都先不去管。

「真好聽。」麒麟稱讚著，「我可不可以點歌啊？」

「呃？」原本哀傷的鬼武羅瞪大眼睛，「點歌？」

「嗯，我想聽《無敵鐵金剛》。」

「……對不起，我不會。」

「那小英的故事？小天使？小甜甜？都不會？青要之山不看卡通的嗎？」

「……」

（禁咒師卷參 完）

番外　莉莉絲

閉上左眼，右眼所見只有風光明媚的初春鄉間。

閉上右眼，左眼所見的卻大不相同。

天空只有低垂得幾乎觸地的烏雲，間隙填著張牙舞爪的閃電。地上滾著不祥的薄霧，哀號悲鳴的冤魂們，泣血而行。

她見過俗稱地獄的冥界。但她認為，冥界殘酷卻有種奇異的美感。這裡，才是真正的煉獄。

這個煉獄，就是她的出生地。

她甚至不會稱之為，故鄉。

如果可能，她永遠不想回到這裡。但是她僅剩的、唯一的親人在這裡。

踏過滿地的灰塵，半碎而腐朽的桌椅間，躺著一個髒兮兮的玩具熊。應該是從那積滿塵土、破出棉絮的床鋪上掉下來的。

背對著床鋪，她彎腰拾起那隻玩具熊。原本空無一物的床上快速的湧起黑霧，凝聚成形，宛如高度腐敗的屍體，嘴唇腫脹外翻，舌尖突出，極致演繹了何謂「腐敗巨人觀」。

屍液滴落，惡臭迅速蔓延，而且閃電般，撲向似乎毫無所覺的她。

卻沒想到，她比閃電還快，轉身抱住了惡臭、寒冷、黏稠的邪物。

「表哥。」她脫口而出，卻發現自己說的是中文。用力抱住掙扎狂吼不已的冤鬼，「Cousin.」然後泣不成聲。

是。懷裡這個滿懷怨毒，不能超生的恨鬼，就是她最後的親人。母親妹妹的唯一孩子。

他們生日相差不過七日，幾乎出生就認識，隔鄰而居十二年。他叫做Adam（亞當），所以她就叫做Eve（夏娃）。

多年之後，她改宗入龍虎道，成為一個正統的東方道士，才知道，原來她和Adam是「青梅竹馬」，Adam是她的表哥，唯一的表哥。

而不是面目模糊的，Cousin（英文的堂表兄弟姊妹都以此統稱）。

瘋狂的恨鬼漸漸安靜下來。空氣中飄著奇異的香氣，裊裊的煙讓他一直糊塗焦躁而盲目的心智，一點一點的澄澈。似歌非歌，聽不懂的語言，一遍遍的在耳邊輕喃。

熟悉的氣息，熟悉的聲音。

「Eve？」他困惑，原本恐怖的腐敗巨人觀外表，恢復成一個小小的少年，即使體無完膚，縱橫著數不清的傷痕，依舊有著光滑美麗的披肩金髮，比晴空更乾淨的藍色瞳孔。

每次清醒過來，他都會很困惑。

明明Eve跟他同年，眼前的也的確是Eve。為什麼……Eve長大了？

想要思索，卻總覺得無關緊要的在心底飄忽而過，最重要的不是這個。

「Eve，妳有沒有被看到？」他急促的、壓低聲音說，「告訴過妳，別再來了。妳……」他心跳得幾乎跳出喉嚨，「該不會……不不，妳沒有承認吧？」

他的聲音更輕，更恐懼，「妳不能承認看到……那個。」顫顫的，將食指豎在唇間，「噓……千萬不能說。」

Eve露出充滿憂思，卻非常溫柔的笑容，輕輕拭去Adam臉上的血污，露出如花瓣般，少年柔潤的臉龐。

「還記得嗎？」她柔聲說，「我們被特赦了。好久好久以前，就被赦免了。」

Adam偏頭想了好一會兒，鬆了一口氣，露出純潔的笑，「天父果然聽到我的禱告了。」

Eve的笑卻很苦澀。

其實，禱告是沒有用的。根本沒有人聽到，你的禱告。或許，信仰沒有錯。錯的永遠是，惡意玩弄信仰的，人類。

心中蘊含著全宇宙惡意的人類。

她承認，她胸中也有這種惡意。這就是為什麼，她會坐視，甚至推波助瀾，以至於這個表面如詩如畫的小村莊，如今成為杳無人煙的鬼村。

她和Adam出生於一個很美卻很貧瘠、封閉的小村莊。

啟蒙教育是聖經，全村都是虔誠的教徒，教堂凌駕於一切之上。這似乎沒有什麼不對，生活清貧卻快樂。

這一切都是主的恩賜。

可能蒙昧，可能無知，但只要遵循聖誨而行，這樣生活一輩子似乎是理所當然的事情。

她總是和隔壁的Adam在一起。一起玩，一起放羊，一起讀聖經，一起禱告。他們都沒有兄弟姊妹，卻是彼此最親近的兄弟姊妹。

他們還共同擁有一個祕密。

他們都看得到「精靈」。

有的精靈很可怕，有的精靈卻很滑稽。有的，很漂亮。那是別人不知道、也看不到的奇景。

四、五歲的時候，大人還會笑著聽，之後就喝斥他們不要亂說話。小孩子也是有自尊心的，無故被罵當然不高興，挺傲嬌的認為，你們不想聽我們還不想說呢，這是我們的，祕密。

多年後，她惆悵的回望。其實這根本沒什麼，只不過是陰陽眼罷了。隨著年紀增長，這種奇異的天賦已經慢慢模糊，說不定再幾年，就完全消失。

只是，他們運氣不好，就是缺了那麼，幾年。

那一天的細節，她總是想不起來。只記得她被粗魯的推倒，被拔開了Adam的手。Adam他，被拖走了。

媽媽把她鎖在房間裡，她不記得被鎖了幾天，到底幾天沒有吃東西。

一切都是那麼混亂。

她聽到爸媽相互怒吼爭吵，說她是惡魔的同夥，應該一起驅魔。

沒有把她交出去是因為，害怕被牽連。

她病了，高燒不退。整夜整夜的做惡夢，昏亂顛倒混雜的惡夢。最清楚的只有，Adam來看她，不停的說話，她卻聽不見他說什麼。最後Adam將食指按在她唇間，說，噓……

等她退燒之後，她只要想說精靈的事，她就只能空張著嘴巴，什麼聲音都沒有。

這場混亂最後以Adam的死，作為終結。據說是沒熬過驅魔，被惡魔殺死了。

騙人。都是騙人的。

Adam明明是，被綁在他的床上，活活被打死的。打了一個多月，慢慢被打死的。只是因為，他畫了一本精靈的畫冊。

他們說，那是惡魔。事實上，全村熱烈圍觀，親手驅魔的神父，這些人，才是真正的惡魔。

Adam死得很慘。他死後被棄置在撒滿聖水的床上，七、八天後才將他高度腐敗的屍體抬出去火化，最後埋在十字路口，連墓地都沒有。

神父宣稱Adam家被惡魔污染，短時間內無法淨化，所以他爸媽搬家了。可他們最後的下場依舊悲慘，備受排擠的姨丈受不了這種沉重的壓力，槍殺了阿姨最後自殺。

她飽受村裡孩童少年的惡意嘲笑和欺負。

什麼Eve（夏娃）？明明是Adam（亞當）的第一任妻子，魔女Lilith（莉莉絲）。

他們叫她Lilith，叫的時候用泥巴扔她。因為Lilith是用土造出來的。

十四歲的時候，她終於忍無可忍的逃出來，別人問她叫做什麼，她自暴自棄的說，她叫做莉莉絲。

因為她是魔女，來自於一個充滿人皮惡魔的村落，她甚至不承認那是她的家鄉。

等她頂著莉莉絲這樣的名字，因緣際會流浪到東方，最後改宗成龍虎道弟子，並加入紅十字會，已經好多年過去了。

她終於有一點力量，能夠回頭調查往事，才發現，披著莊嚴宗教的外皮，令人啼笑皆非的，正是耳提面命決不可犯的七宗罪之一——貪婪。

正式的驅魔，需要嚴謹而繁複的程序，層層上報，才能取得允許。而Adam……根本是受了私刑，地方教會的私刑。

富有的Adam家，名下的土地和財產四分五裂，分屬於當初最熱衷於驅魔的那幾個人手底。

村裡的教堂大翻修。道貌岸然的神父……事實上根本早被教廷除名。

何等荒謬，何等荒謬。

她承認自己不是好人，利用職權之私，冷眼看著這個歷來有「非正式驅魔」傳統的村莊一夕傾覆。

其實真的很簡單。幼年時覺得可怕的「精靈」，不過就是怨恨極重的鬼魂。一直沒有發作，不過是因為，這個村落的盲目信仰太堅固而已，累積的力量還不夠。

她只是，冷眼旁觀。只是，看著，看著報應終於來臨。

他們將會看到，這個村落真正的面目，如她左眼所見的——煉獄。

然後被拖入煉獄中。

但是如此做之後，她並不快樂，依舊非常傷心，甚至覺得生無可戀。

即使這麼做，Adam也沒辦法解脫。他的骨灰已經找不到了，魂魄被束縛在他死去的那張床上，用盡所有辦法都無法將他超度，甚至讓他清醒都不可得。

雖然紅十字並不知道她的不作為，但她也沒臉待下去了。

她想辭職，但是在她所屬分會中，卻沒看到長官，只有見過幾次面的禁咒師，正一臉不滿的吃著炸薯條。

看到她，禁咒師衝著她發脾氣，「我再也受不了倫敦了！食物穩穩的世界倒數第一！這是人吃的東西嗎?!」

使完性子，她仰著脖子灌完了一整瓶的苦艾酒。

……那個酒精濃度不低吧我說。

灌完那瓶酒，禁咒師的心情明顯好了許多，但是臉皮卻紅也沒紅一點兒，咕噥著，「味道也就這樣吧，馬馬虎虎。找妳家老大？他帶我家蕙娘回去做菜了。有事上奏，無事退朝。」

好一會兒，莉莉絲才聽懂禁咒師說什麼。畢竟「有事上奏，無事退朝。」用英語說非常彆扭，也很好笑。

見面不到十分鐘，說話不到十句。原本陰鬱得宛如倫敦冬日的心情，驀然雲破天清，晴朗而清涼。

明明是個把獵靴擱在茶几上，肆無忌憚的接近囂張的少女。

卻很想很想，什麼都告訴她。

「我……我不配在紅十字會。」莉莉絲下意識的用字正腔圓的北京腔，「這是我的辭職信。」

「哦？」麒麟稍微坐正點，卻沒把靴子擱下來，有點兒台灣腔的說，「願聞其詳。」

坦然的，她將整個冷眼旁觀的過程說得很詳盡，連死亡數字都沒漏。

禁咒師打了個呵欠，不怎麼感興趣的說，「這是紅十字會發給妳的案子嗎？」

「……不是。」

麒麟懶懶的看了她一眼，「妳親手殺了誰嗎？」

「沒有，」莉莉絲很快的回答，「但是我見死不救。」

「呵呵。」麒麟笑，笑得非常敷衍，「想救救得了嗎？孩子，有個詞兒叫做『量力而為』，另一個詞兒叫做『自不量力』。這種屬於自作孽不可活的，連我都不成，何況妳這種小朋友。」

……為什麼不責備我？

「我從來不相信『救世主』。」麒麟的眼神一變，有些居高臨下的冷漠。「我也從來不當救世主。我想捨己救人，那一定是因為我高興，我喜歡，我想那麼做。但也總有我不高興不喜歡不想那麼做的時候。我不願意被指揮強迫，我也不願指揮強迫別人。」

莉莉絲沉默，好一會兒才回答，「我不高興，我不願意，我也不想那麼做。」

她說了很久很久，隨侍禁咒師的大殭尸蕙娘都將做好的午餐帶回（難怪要那麼久，份量著實驚人，起碼有個五人份吧），麒麟慢條斯理的吃完，順便還灌了半打威士忌。

莉莉絲以為自己會哭，甚至嚎啕，結果她只覺得渴，喝了很多水，然後是累，沁骨的疲累。

該死的人都死了，目標已達成。不該死的人她連讓他好好的去都辦不到。努力了這麼久，她突然不知道，該怎麼活下去。

麒麟的臉終於在第十瓶威士忌後，開始出現紅暈，眼神有些薄醺的朦朧。她沒有對莉莉絲有任何評價，而是問了一個幾乎風馬牛不相及的問題。

「哪，妳為什麼想當道士啊？」因為微醉，聲音有點發軟，「西方人改宗通常跑去當巫師或乾脆的惡魔崇拜了。再不然，喇嘛也比較有吸引力。」

為什麼？莉莉絲一怔。

其實有很多冠冕堂皇的理由可以用，但是。

「……我本來要去西藏。」那時候西方很流行去西藏追求真理，「可我在香港的時候，」莉莉絲沁起一抹微笑，「被一個宋道長帥翻過去。」

第一次從「惡魔的左眼」，看到一抹堅定不移、正氣凜然的身影。執符如刀的那一刻，真的帥翻了。

看不見的人，只覺得那是裝神弄鬼，一種民俗表演。但她看得到，知道他在做什麼。

還不會說中文的莉莉絲，攔了那位宋道長，結果宋道長的英語程度也是令人苦笑。溝通得很辛苦，最後宋道長弄懂了，很和氣的說，他們是家學，不收外徒。建議她先將中文學好，如果還有興趣，他可以幫她推薦個靠譜的師門。

最後送了一個摺成六角形的符紙，能夠讓她清靜點，暫時遮掉困擾她的陰陽眼。

不管是執符如刀，還是送符的時候，真的酷斃了。

「我想成為那麼帥氣的人。」莉莉絲眼睛發亮，然後被自己的話逗笑了。

起初真的沒有什麼特別的理由。一開始只是逃，想要逃得遠遠的。剛逃離村落的時候，她才發現，她是多麼蒙昧而無知，於是貪婪而瘋狂的追求知識。一直半工半讀，或許她記憶力還不錯，智商也還行，一路拿著獎學金過關斬將。

她一心想改宗，再也不信主。但她卻茫然不知道該去哪裡。接觸過很多，似乎都不是她要的。

趁著暑假，她想去西藏，卻沒想到，半途改了機票，轉去北平讀書，最後會成為一個正式拜入龍虎道的道士。

只是她覺得最適合，最帥氣。

「沒有最帥氣，只有更帥氣啊。」麒麟懶洋洋的撐臉看她，「孩子，妳還不知道何謂『道』呢，要不要來當我的學生？蕙娘做菜很好吃喔。」

「道就是帥氣嗎？」她有幾分自嘲的說。

「道包括了帥氣。」麒麟狡黠的說，「聽說妳做的甜點很好吃。我不吃鮪魚和甜瓜擺在一起的派，那簡直是邪門歪道，非常需要討伐殲滅。」

事後想起來，她真不明白為什麼就這樣跟麒麟走了。當了她五年的學生，似乎跟著她胡作非為到處打架，也沒學到什麼正經的本事。

喔，學得最好的就是酒量見長，不然早被麒麟灌死了。

她甚至懷疑，麒麟拐她當學生，只是因為聽說她甜點做得很好吃。

至於用動漫畫台詞當咒，那是莉莉絲畢業之後，麒麟莫名的新嗜好，那時她還沒學到這個。

但在這樣日復一日似乎「沒什麼」的日常，或許她明白了麒麟想教她什麼。

自由。無與倫比的自由。

生在人世，必定要背負各式各樣名為「感情」或「責任」的重擔。但是，痛苦的背負三十公斤的砂石蹣跚前行，和背負著三十公斤的旅行包快樂上路，重量其實是一樣的。

可每個人的負重有限，所以更要謹慎精細的挑選。沒有用、已經過期的重擔，就該拋棄。

她要成為一個真正勇敢又帥氣的道士。不管金髮碧眼穿著鶴氅看起來有多突兀，反正她一天照鏡子不超過十分鐘，傷得又不是她的眼睛。

* * *

Adam。這就是她在人間，唯一的重擔。

總有一天，她會將親手超度Adam，讓他擁有新的開始。

她細心的將Adam的金髮梳順，對著他微笑。

他的傷痕漸漸痊癒消失了，雖然很慢，但是清醒的時間越來越長，這是好現象。

會有那麼一天。

她會牽著他的手，走出這個陰暗腐朽的所在，如兒時般，在青青草原散步，親自渡他到彼岸。

或許會召一條中國龍幫他開道，並且告訴他，記住她的中文名字。

她叫做鳳凰。

作者的話

結果這部歡樂的氣氛少了，動漫畫也少了，反而多了許多古文的咒……

其實只是單純不想被定型而已。

我不希望《禁咒師》寫到最後，變成動漫畫專屬小說，我也不希望大家只看到歡樂面而不去注視背後的陰暗。

有光就有影，有歡欣的晴天，也會有嗚咽的雨夜。我不希望大家只看到笑容，忽略了可能有的眼淚。

一開始，禁咒師只是遊戲之作。當然，到現在還是遊戲……但是我對遊戲特別的認真對待。

（對不起，我太認真了。）

常看我小說的讀者都知道，我若玩了一款網路遊戲，就會忍不住拿遊戲當背景寫小說。《甜蜜online》這樣，《我與天使有約》這樣，《夢天傳說》也是這樣。

禁咒師不能這樣惡搞，但是我也忍不住把「信長之野望」的遊戲招式擺了進去。甚至我還想過，要不要第四部乾脆拿信長online當背景呢……（狂笑）

但是顧及老闆和編輯的健康，我還是克制一點吧。

目前我很沉迷信長online（還是有用功寫小說啦），只是比起之前的狂寫，我現在大約是一個月一本的量（當然也有人說我太怠惰）。但是，一個人狂炸了三年都維持在一個月兩本的狂飆中，總得讓我稍微休息一下。

我是人類，不是印刷機……所以對於我寫作速度覺得有所緩慢的讀者，只能說抱歉了。

我的部落格：**http://seba.pixnet.net/blog**

雖然不會在上面說話，但是各位的回應，我真的是充滿感謝的看過了。

謝謝大家陪我行走到現在。寫作這條路，因為各位的陪伴，我才不會感到孤獨。

雖然人生本來就是寂寞之洋，但是能夠相濡以沫，也是件幸福的事情。

國家圖書館出版品預行編目資料

禁咒師 / 蝴蝶Seba著. -- 二版.
-- 新北市：雅書堂文化, 2016.02-
冊； 公分. -- (蝴蝶館；1-3, 5, 7, 10, 13)
ISBN 978-986-302-288-6(卷1：平裝). --
ISBN 978-986-302-289-3(卷2：平裝). --
ISBN 978-986-302-290-9(卷3：平裝). --
ISBN 978-986-302-291-6(卷4：平裝). --
ISBN 978-986-302-292-3(卷5：平裝) . --
ISBN 978-986-302-294-7(卷6：平裝) . --
ISBN 978-986-302-296-1(卷7：平裝) . --

857.7　　104027858

蝴蝶館 03

禁咒師〈卷參〉

作　　者／蝴蝶Seba
封面題字／做作的Daphne
發 行 人／詹慶和
總 編 輯／蔡麗玲
執行編輯／蔡毓玲
編　　輯／劉蕙寧・黃璟安・陳姿伶・陳昕儀
執行美編／陳麗娜
美術編輯／周盈汝・韓欣恬

出版者／雅書堂文化事業有限公司
郵政劃撥帳號／18225950
戶名／雅書堂文化事業有限公司
地址／新北市板橋區板新路206號3樓
電子信箱／elegant.books@msa.hinet.net
電話／（02）8952-4078
傳真／（02）8952-4084

2007年5月初版　2019年12月二版3刷　定價220元

經銷／易可數位行銷股份有限公司
地址／新北市新店區寶橋路235巷6弄3號5樓
電話／（02）8911-0825
傳真／（02）8911-0801

Seba・蝴蝶

Seba · 蝴蝶

Seba·蝴蝶

Seba・蝴蝶

Seba・蝴蝶

Seba · 蝴蝶